AF200873

SILKE SCHÄFER

FISCH GESTRICHEN

Bereits erschienen:

Drachengrün und Rabenschwarz (Roman)

Das Buch

Kurzgeschichten aus Terrandessa, eine Sammlung von Texten, die sich direkt oder indirekt auf den Roman „Drachengrün und Rabenschwarz" beziehen.

Bekannte Figuren daraus sowie etliche neue nehmen die Leser mit in die fantastische Welt von Terrandessa und lassen sie teilhaben an ihren Abenteuern. Bei vielen geht es um Magie, bei anderen um ganz menschliche Geschichten.

Die Autorin

Silke Schäfer (Jahrgang 1957) ist gelernte Grafische Zeichnerin und lebt in Duisburg. Als ein beruflicher Wechsel in eine künstlerisch vergleichsweise trockene Sparte nötig war, blieb sie trotzdem – oder gerade deshalb – ihrer Liebe zu Bild und Wort treu. Das Schreiben von Kurzgeschichten mündete schließlich wie von selbst in einen längeren Text, der sich in ihrem humorigen Debüt-Roman "Drachengrün und Rabenschwarz" präsentiert.

Mit dem vorliegenden Band "Fisch gestrichen" greift sie Erzählfäden daraus auf und webt neue. Weitere Projekte sind bereits in Planung.

SILKE SCHÄFER

Fisch gestrichen

Geschichten aus Terrandessa

Terrandessa-Fantasy

Bibliografische Information der Deutschen Nationalbibliothek: Die Deutsche Nationalbibliothek verzeichnet diese Publikation in der Deutschen Nationalbibliografie; detaillierte bibliografische Daten sind im Internet über dnb.dnb.de abrufbar.

Herstellung und Verlag:
BoD – Books on Demand, Norderstedt

ISBN 9 783750 425323

Für alle Reisenden durch Zeit, Raum und Fantasie

Inhaltsverzeichnis

Vorwort

Bei der Arbeit an „Drachengrün und Rabenschwarz" war es hier und da nötig, komplette Textpassagen herauszunehmen, um das Ganze auf Kurs zu halten. Einige hätten sich zu übergroßen Erzählschleifen entwickelt und das Buch unnötig aufgeplustert. Andere waren für die Handlung komplett verzichtbar und hätten einen neuen Ereignisstrang eröffnet.

Da sie trotzdem dazugehörten, habe ich Kurzgeschichten daraus gemacht.

Andere sind ein Nebenprodukt aufgrund eines einzigen Begriffs, der zu einer näheren Erklärung herausforderte (zum Beispiel der Südcorlanische Drachenpinkler).

Oder es galt, ein Stück in die Vergangenheit zu schauen, auf die im Roman mehrfach angespielt wird.

Die Anordnung der Geschichten stellt eine mögliche Zeitabfolge dar. *Aus den Chroniken …* gilt zwar als „moderner" Text, beschäftigt sich aber mit der Historie Terrandessas und gehört somit an den Anfang. Die beiden letzten Geschichten dagegen gehen zeitlich über die Romanhandlung hinaus. Sie sind ergänzend zu ihr zu sehen, da sie an darin vorkommende Details anknüpfen.

Terrandessa ist groß. Der Erzähl-Horizont lässt sich also beliebig ausweiten, das lässt viel Platz für zukünftige Kurzgeschichten. Ich bleibe dran.

Silke Schäfer   September 2019

Aus den Chroniken der Geschichtsbewahrer
ein Blick weit zurück

Wenn man verstehen möchte, warum eine Welt oder Kultur so ist, wie sie ist, sollte man einen Blick auf ihre Vergangenheit werfen. Da im Roman an mehreren Stellen bestimmte vorausgegangene Ereignisse erwähnt werden, zeichne ich hier ein umfassenderes Bild.

Beim Aufbau einer Fantasy-Welt sind gewisse Regeln zu beachten, an die man sich später halten muss. Dazu kommen die Aspekte, die der Welt das Fantastische hinzufügen und eigenen Regeln unterliegen. Die Geographie sieht recht normal aus. Viele der Bewohner wiederum nicht.

Leben ist etwas völlig Natürliches. Eher sollte man sich wundern, wenn man irgendwo kein Leben vorfindet. An besonders unwirtlichen Orten ist vielleicht noch kein Leben in der allereinfachsten Seinsstufe da, aber mit Sicherheit gibt es bereits die pure Lebensenergie. Sie steht gewissermaßen vor der Tür und wartet, dass die richtige Mischung von Elementen ihr öffnet, sodass sie sich die erste kleine Erscheinungsform bauen kann.

Dann geht es den üblichen Weg. Hat das Leben erst einen Fuß in der Tür, steht es schnell mitten im Wohnzimmer und denkt über eine neue Einrichtung nach. Leben ist intelligent und experimentierfreudig. Neue Formen, neue Farben – vielleicht mal ein Modell mit Schuppen? Muss ein Lebewesen immer nur ein und denselben Körper bewohnen? Kann eine Schlange auch Beine haben?

Und so entwickeln sich Welten. Sie sind Ergebnisse der unterschiedlichsten Lebensexperimente. Wenn irgendetwas nicht klappt oder ein Vulkanausbruch all die schönen Kreaturen vernichtet, dann wird am nächsten Tag mit hitzeresistenten Bakterien neu angefangen.

Auf dieser Welt hat das Leben echt gute Arbeit geleistet. Sie ist voll von Lebensformen in allen Größen, Farben und Entwicklungsstufen. Es gibt die Allerkleinsten, die gutgelaunt in giftigen Quellen zuhause sind, bis hin zu hochentwickelten, komplexen Daseinsformen mit dem Hang, die Welt beherrschen zu wollen.

Die meisten Völker haben ein Interesse daran, wie es früher war. Durch überlieferte Erzählungen und Gesänge, durch Felszeichnungen, hier und da durch Schrift, bewahren sie ihre eigene Geschichte. Diese verantwortungsvolle Aufgabe obliegt besonderen Personen, den sogenannten Geschichtsbewahrern. Aus ihrem Wissen lässt sich die Vergangenheit rekonstruieren.

Der Name ist aus alter Zeit überliefert und lautete zunächst Terra Andessa, nach der Urgöttin Andess, die von den meisten Völkern verehrt wird und aus der alles Leben hervorging. Mit den Jahrhunderten schliff er sich ab zu „Terrandessa", auch der göttliche Name erfuhr eine Veränderung. Alle östlichen Kulturen berufen sich auf Dandess, wenn es um die Entstehung der Welt geht.

Die Landmassen, wie wir sie heute kennen, waren nicht immer so, und ihre Bewohner ebenso wenig. Anthurien zum Beispiel war einst komplett bewaldet. Es gab keine Grenzen, keine Länder. Da war nur viel Platz mit vielgestaltigem Leben. Wenn man hier und da ein wenig gräbt, findet man bald die Knochen derer, die tausende Jahre vorher gelebt haben. Einige von ihnen waren anders. Ganz anders.

Vor vielen tausend Jahren war dies eine Welt der Mächtigen, und sie waren keine Menschen. Die Evolution der Echsen hatte außer einer Vielzahl von Drachen dazu eine aufrechtgehende intelligente Spezies hervorgebracht, die sich ausbreitete und Menschen wenig Sympathie entgegenbrachte. Sie nannten sich Nagas, und sie gründeten die ersten Königreiche. Sie arrangierten sich mit den Elfen, Feen und Faunen, die Undrauer und Gestaltwandler fanden sie soweit in Ordnung. Necks wurden kaum beachtet, die Kaverner gerade so geduldet. Aber Menschen waren ihnen zuwider.

Immer wieder flammten Kriege auf, ganze Völker verließen ihre angestammten Gebiete und suchten sichere Orte zum Siedeln. Nach einer langen Zeit der Unruhe lebten schließlich nur noch die Nagas und die von ihnen tolerierten Ethnien auf dem Kontinent namens Nanthelya. Menschen gab es dort, soweit man feststellen konnte, nicht mehr.

Auf den Kuthayu-Inseln vor der nanthelyanischen Küste hielt sich das letzte Königreich der Menschen. Dort lebte wie zuvor ein buntes Völkergemisch, man kam gut miteinander aus und hoffte, dass die Lage so entspannt blieb, wenn man sich nur aus allem heraushielt.

Ein Trugschluss, wie sich herausstellte. Vom Festland her kamen immer wieder menschliche Flüchtlinge an, die von grausamer Verfolgung durch die Nagas berichteten. Wer sich für sie nicht als nützlich erwies, zum Beispiel aufgrund besonderer Fähigkeiten oder Kenntnisse, wurde vertrieben, nicht selten sogar getötet. Am Ende fanden die Verfolgten sich am Meeresstrand wieder und mussten ihr Leben wackligen Booten anvertrauen. Nicht alle schafften es zu einer Insel.

Der König tat sein Möglichstes, um die Menschen zu retten. Er schickte mehrmals Boote zum Festland, um dort Flüchtlinge abzuholen. Doch allmählich wurde es eng auf den Kuthayus, und das bisher so gute Verhältnis kippte. Erste unzufriedene Stimmen wurden laut. Eines Morgens stach ein Schiff in See, bis zum letzten Platz besetzt mit nichtmenschlichen Mitbürgern, die lieber bei ihresgleichen in Nanthelya leben wollten. Viele andere taten es ihnen nach.

Obwohl die Bedrohung größer wurde, fuhr der König damit fort, Menschen zu retten. Eines Tages kam eine Elfe zusammen mit den Flüchtlingen zurück. Sie hieß Lamitan und war früher königliche Zofe gewesen. Weil sie gegenüber der Königsfamilie trotz der unglücklichen Umstände Treue und Verantwortung empfand, warnte sie vor einer Verschwörung der Nagas. Sie habe erfahren, dass auch diese letzte Bastion der Menschen erobert und das ganze Königsgeschlecht ausgerottet werden sollte. Überlebenden Untertanen drohten Tod oder Sklaverei.

Das Entsetzen war groß. An einen Kampf war überhaupt nicht zu denken, denn die Nagas und ihre Truppen waren zahlenmäßig weit überlegen. Wer den Sieg davontragen würde, stand von vorneherein fest. Doch der König zögerte nicht und fasste sofort einen Plan. Er ließ seine Weisen nach einem sicheren Ziel suchen, das man ansteuern und wo man siedeln konnte. Gleichzeitig befahl er, alle hochseetauglichen Schiffe fahrbereit zu machen und sie mit allem zu beladen, das für einen Neuanfang nötig war.

Die Weisen waren sich darin einig, dass es weit in östlicher Richtung Land gab, das nicht von Nagas bewohnt war und wo man vor ihnen sicher sein konnte. Die Zeit drängte jetzt. Bald trafen erste Nachrichten ein, dass auf den ganz im Westen gelegenen Inseln die Nagas gelandet waren.

Am Morgen, als sich am westlichen Horizont die ersten Naga-Schiffe zeigten, lichtete im Hafen auf der Ostseite der Hauptinsel Kuthamura das letzte Schiff der Menschen seinen Anker. Am Kai stand der König und winkte seiner Familie nach. Er und einige Kämpfer wollten den Nagas einen ungemütlichen Empfang bereiten, um Zeit für die Flüchtenden zu gewinnen. Mehr konnten sie nicht tun.

Am Heck des Schiffes standen die Königliche Gemahlin und ihr Sohn. Anthuras war sein Name. Nun lag es in seiner Hand, sie alle in Sicherheit zu bringen. Sie fuhren der aufgehenden Sonne entgegen, und bevor die Kuthayu-Inseln aus der Sicht verschwanden, sah man Rauchwolken von ihnen aufsteigen.

Die Überfahrt dauerte lange. Die Schiffe versuchten beieinander zu bleiben, doch in einem Sturm wurden einige weit auseinandergetrieben und fanden nicht mehr zu den anderen zurück. Die *Murania* landete an der Küste von Kemiland. Ihre Passagiere waren zum größten Teil Gelehrte aller Art, und sie begründeten die ersten Schulen dort. Die Akademie für Magie und Natur, kurz AkMaNa, in Kemion geht auf eine dieser frühen Gründungen zurück.

Ein anderes verschollenes Schiff war die *Rabaniza*, sie lief vor Corlan auf Grund. Sie hatte einige Adelsfamilien an Bord, die zu Urahnen der späteren Rabenclans wurden.

Des Königs Schiff und die meisten der anderen blieben auf Kurs und fanden eine Inselgruppe, die sie nach der Königlichen Gemahlin Cathriona benannten. Anthuras wollte weiter zu dem Festland, das seine Seher ihm prophezeit hatten. Doch einige der Schiffe gingen hier vor Anker, um auf den Inseln zu siedeln.

Der Rest der königlichen Flotte landete schließlich im Mündungsgebiet eines großen Flusses, und die Flüchtlinge machten sich ohne Zögern daran, eine Wehranlage zu bauen. Sie waren sicher, dass die Nagas ihnen bis hierher folgen würden, um sie alle endgültig auszulöschen. Material gab es genug, denn das Land war von dichtem Wald bedeckt. Zu Ehren des Königs, der sie hierhergeführt hatte, nannten sie es Anthurien.

Es verging einige Zeit, dann kamen die Nagas tatsächlich. Die neuen Siedler bekämpften sie mit aller Entschlossenheit und allem Einfallsreichtum, und sie konnten sie zurückschlagen.

Das Meer war voller Fische, und im Wald gab es reichlich Wild. Anfangs ernährten sich die Siedler fast ausschließlich vom Fischfang und von der Jagd. Dabei trafen sie auf die menschlichen Ureinwohner dieses Landes, die ihnen halfen, mit all dem Neuen zurechtzukommen. Die Karamani lebten hauptsächlich im und vom Wald und bauten keine Städte. Sie waren friedlich und wollten nur in Ruhe gelassen werden und unter sich bleiben. Von ihnen lernten die Anthurier viel über die hiesigen Tier- und Pflanzenarten. Hin und wieder begegnete ihnen ein Waldelf. Dieses Volk lebte tief im Wald, den sie als ihre angestammte Heimat betrachteten und Dendrobien nannten. Anfangs halfen sie den Neuankömmlingen und vermittelten ihnen viel Wissen. Doch als die Siedler immer mehr Bäume abholzten, begannen die Dendrobier die Kontakte zu verringern und zogen sich schließlich ganz zurück.

Über die Jahre hinweg dehnte König Anthuras seinen Gebietsanspruch stetig weiter aus. Um Acker- und Weideflächen zu gewinnen, wurden große Waldgebiete gerodet, und das führte zu Streitigkeiten. Selbst die Karamani fühlten sich in ihrem Lebensraum bedrängt, die Waldelfen drohten mit Gegenmaßnahmen. Doch das fruchtete nichts, die Landnahme ging weiter. Bis eines Tages die Ureinwohner kategorisch Einhalt geboten. Sie schickten eine schriftliche Bekanntmachung an König Anthuras, dass ab sofort die Waldgrenze mit Steinen markiert werde und unter allen Umständen einzuhalten sei. Ein Betreten des Waldes sei von nun an untersagt.

Später wurde dieses Verbot ein wenig gelockert, außerdem wurden feste Wege zur Durchquerung des Waldes angelegt, aber in den Anfängen kostete es tatsächlich einige Anthurier das Leben. Sie waren der Meinung, dass die Waldvölker es nicht wagen würden, ihnen etwas anzutun. Man sah sie nie wieder.

So kam es, dass die Anthurier sich auf die Nutzung jener Wälder beschränkten, die sie in ihrem Inland hatten stehen lassen. Das sie umgebende Waldland wurde ein verbotener, geheimnisvoller Ort, den man besser mied. Wer und was darin lebte, geriet bald in Vergessenheit. Zu den Karamani wiederum entwickelten sich lockere Verbindungen, da die Frauen als außerordentlich fähige Wahrsagerinnen und Heilerinnen galten.

Anthurien etablierte sich in der Gemeinschaft der umliegenden Länder und tat sich unter anderem durch erlesenes Kunsthandwerk hervor. Die Reihe der Könige, die stolz auf ihren Vorfahren Anthuras den Weisen zurückblicken, ist lang. Derzeit ist zum ersten Mal eine Königin die oberste herrschende Instanz, und Alyssa die Erste genießt ebensolchen Respekt wie die Regenten vor ihr. Vielleicht sogar ein wenig mehr. Denn ihr ist ein Schritt gelungen, den niemand vor ihr geschafft hat: Mit den Westlichen Inselreichen (der anthurische Name für die Kuthayu-Inseln) wurde ein offizielles Friedensabkommen geschlossen, das auf eine freundliche Annäherung beider Kontinente hoffen lässt. Nicht heute und nicht morgen, aber in naher Zukunft.

So wird es für die Geschichtsbewahrer weiterhin interessante Ereignisse aufzuzeichnen geben, damit wir und unsere fernen Nachkommen wissen, wie es früher war.

Verfasser: Yoto Mazada, Geschichtsbewahrer in Kemiland

Die Sage von der Diamant-Wolkenschlange
(wie Diffusius sie erzählte)

Diffusius unterhielt die Rabenkrieger mit Geschichten, um sie in einem entscheidenden Moment abzulenken. Dies ist eine davon, in der Version, wie sie von Generation zu Generation überliefert wurde (was bedeutet, dass sie bei jedem Erzählen ein bisschen verändert wurde).

Natürlich hat sie, wie es sich gehört, eine Moral – oder nein, mehrere. Die mit dem letzten Hemd ohne Taschen ist eine davon. Dass man Gesundheit nicht kaufen kann, eine andere.

Mein Favorit lautet: „Überraschung!"

In einem sehr fernen Land und vor sehr langer Zeit lebte ein Kaiser, dessen Macht viele Völker unterworfen hatte. Jerigen Güldenreif war sein Name, weithin bekannt und gefürchtet. Überaus reich war er, denn sie alle mussten ihm Tribut leisten. Einmal im Jahr hatten sie ihre Abgaben zu entrichten, seien es wertvolle Hölzer, Sklaven, Prunkgewänder, Edelsteine oder Gold. So trafen jedes Jahr im Frühling aus allen Richtungen die Gesandten ein, ihre Karawanen hoch beladen mit den Kostbarkeiten, zu denen der Herrscher sie verpflichtet hatte.

Jerigens Reichtum wuchs jedes Jahr, doch wurde er gleichzeitig immer älter. Als eines Tages seine Lieblingsfrau starb, wurde ihm klar, dass eines Tages auch sein Ende nahte. Man sollte ihn mit all seinen Schätzen bestatten und sein Grab so versiegeln, dass kein Räuber ihn bestehlen konnte. Also beauftragte er seinen Baumeister, einen Ort dafür auszusuchen und ein prächtiges Grab vorzubereiten.

Der Baumeister tat sein Bestes, verwendete die erlesensten Materialien und beschäftigte die besten Handwerker, doch nie war die Arbeit gut genug. Immer wieder hatte Jerigen Güldenreif Änderungswünsche, und die Jahre vergingen. Er wurde immer reicher und immer älter.

Um nicht zu sterben, bevor sein Grab wunschgemäß erstellt war, ließ der Kaiser sich von seinen Hofschamanen zauberkräftige Tränke zubereiten. Es hieß schließlich, er sei hundert Jahre alt.

In einem Dorf wuchs ein Junge heran, der jedes Jahr beobachtete, wie hart alle Familien arbeiteten, um den Tribut zu leisten. Und in jedem Jahr wuchs sein Zorn über diese Knechtschaft. Tiamid Bazur war sein Name, und als er zum Mann gereift war und das Joch nicht mehr ertragen wollte, verließ er sein Heimatdorf. Er wollte all den Reichtum zurückbringen oder wenigstens den Kaiser töten, um das Leid der Menschen zu beenden.

Kaiser Jerigen indes hatte seinen Palast verlassen und war in das unvollendete Grab übergesiedelt. Er wünschte nichts mehr, als seine Schätze in Sicherheit zu wissen und in Ruhe sterben zu können. Denn so konnte er seiner Lieblingsfrau mit allem Prunk ins Paradies folgen, wo sie für immer zusammen wären. Sein Gold, seine Edelsteine und seine vielen anderen Reichtümer hatte er in die kunstvoll ausgeschmückte Grabkammer bringen lassen und draußen ein Heer von Wächtern postiert. Von hier aus regierte er seine Länder, und er wurde dabei immer reicher und immer älter.

Eines Tages zog ein großes Heer heran, befehligt von Tiamid Bazur, der auf seinem Weg alle Männer um sich geschart hatte, die sich gegen den Kaiser auflehnen wollten. Sie waren zu arm für Waffen, doch voller Kampfesmut und Bitterkeit. Mit ihren bloßen Händen griffen sie das kaiserliche Heer an und überwältigten es nach einem harten Kampf, der drei Tage und drei Nächte dauerte. Viele Heldentaten wurden begangen, die seither in vielen Balladen besungen werden.

Sie brachen das Portal auf, und Tiamid Bazur ging hinein, um den Kaiser zu töten.

Auf einem Berg aus Gold trafen sie sich, der junge, strahlende Held, nur bewaffnet mit einem schartigen Schwert, und der alte, stolze Kaiser, gekräftigt vom jahrelangen Genuss zauberwirkender Tränke.

Die Erde erbebte, als sie kämpften, und Vögel fielen tot vom Himmel. Sie schlugen sich und verwundeten sich, doch keiner konnte den anderen besiegen.

Endlich gelang es Tiamid Bazur, den ermüdenden Jerigen Güldenreif in die Enge zu treiben. Er jagte ihn durch das Labyrinth der Gänge, die zu den mit Reichtümern angefüllten Kammern führten. Goldmünzen rollten ihnen unter die Füße und ließen ihren Weg schimmern.

Kaiser Jerigen merkte, wie seine Kräfte erlahmten. Er erkannte, dass er zu lange gewartet hatte, dass er seine Reichtümer nicht länger schützen konnte, und er wurde furchtbar zornig. So zornig wurde er, dass die ihm innewohnenden Kräfte der Zaubertränke einen Weg suchten, Gestalt anzunehmen.

Als er erneut in der hohen Halle mit dem Berg aus Gold und Edelsteinen angekommen war, verwandelte sich der Kaiser in eine riesenhafte Schlange mit Schuppen aus Diamanten. Sie war so lang, dass sie sich einmal um alles Gold herum legen und in ihr Schwanzende hätte beißen können.

Tiamid Bazur ließ sich davon nicht abschrecken. Mit seinem alten Schwert griff er das Reptil an und trachtete ihm den Kopf abzuschlagen.

Da richtete die Schlange sich auf und entfaltete mächtige Flügel. Sie schlug damit um sich und drehte sich, sodass sie einen luftigen Wirbel erzeugte, der alles Gold erfasste und wie eine Mauer rund um sie erstehen ließ. Tiamid Bazur konnte sie nicht durchdringen.

Doch hatte die Diamantschlange nicht mit der Beharrlichkeit ihres Verfolgers gerechnet. Als Tiamid Bazur immer weiter auf sie eindrang, flog sie hoch, mit ihren Schwingen wirbelte sie alle ihre Juwelen als glitzernde Spirale um sich herum auf, und so bohrte sie ein Loch ins Gestein über sich, durch das sie entkam. Sie flog immer höher und zog ihren Schatz wie einen tausendfach funkelnden Schweif mit sich. Es donnerte ohrenbetäubend, und der Glanz erhellte die Nacht bis zum Horizont.

So hatte der Kaiser gewonnen und zugleich verloren. Denn es war ihm gelungen, all seine Schätze zu retten, doch anstatt den Weg ins Paradies zu seiner Lieblingsfrau beschreiten zu können, blieb er am Himmel, begleitet von Gold und Edelsteinen. Von dort schaut er seitdem auf die Menschen herab, die ihn einst reich machten und denen er seinen Reichtum nicht gegönnt hat.

Tiamid Bazur wurde als Held und Erlöser gefeiert, er bestieg den Thron wenig später, und er regierte gerecht und gütig. Er befreite alle Sklaven und entließ die unterjochten Völker aus der Tributpflicht. An jedem Jahrestag opferte er eine eigens geprägte Goldmünze auf dem Altar der Diamantschlange, um sicherzustellen, dass Kaiser Jerigen Güldenreif nicht zurückkehrte, um anderweitig Tribut zu fordern.

Kaiser Jerigen von Menyangal
(Historische Fakten, rekonstruiert nach Funden und zeit-
genössischen Dokumenten)

Gelehrte prüfen gern nach, welchen historischen Hinter-
grund Märchen und Sagen haben. Das ist in Terrandessa nicht
anders. Es verwundert dabei wenig, dass in einer Welt, in der es
Drachen gibt, dem Ungeheuer in der Sage tatsächlich ein solcher
vorausging. Mit den verfeinerten Methoden der Forschung wis-
sen wir vielleicht sogar irgendwann, welche Farbe er hatte.

Hoch im Nordosten von Terrandessa, hinter einer unüberwindbaren Barriere aus hohen Bergen und tiefen Schluchten, liegt das Land Menyangal. Es war in viele Provinzen und Stadtstaaten unterteilt, die erst unter Kaiser Jerigen zu einem Ganzen vereint wurden.

Jerigen entstammte einer Linie von ehrgeizigen Herrschern, die es allerdings nicht geschafft hatten, weit über den eigenen Einflussbereich hinauszukommen. Mit hervorragendem Organisationstalent und einer Skrupellosigkeit, die ihresgleichen suchte, gelang es Jerigen, seine Nachbarn zu unterwerfen. Dadurch mutig geworden, schlug und gewann er eine Schlacht nach der anderen, bis schließlich jedes Fleckchen Land im Umkreis unter seiner Kontrolle war.

Das von den Geschichtsschreibern so bezeichnete Jerigenische oder Goldene Zeitalter begann.

Der Kaiser liebte den Luxus. Als es nichts mehr zu erobern gab, richtete er sein Augenmerk auf sein eigenes Wohlergehen und ließ seine Untertanen, die unterjochten Völker, dafür zahlen. Ganz besonders liebte er Silber, Gold und edle Steine. Allein der Diamant am kaiserlichen Stirnreif war so groß wie ein Taubenei, und es gab einige größere in seiner Schatzkammer.

Bei aller Rücksichtslosigkeit war Jerigen doch ein liebevoller Ehemann. Aus politischen Gründen war er mit vielen Prinzessinnen aus den eroberten Gebieten verheiratet, seine Hauptfrau Nirtanian war jedoch die einzige, die er wahrhaftig liebte und der er vertraute. Als sie nach langer Krankheit starb, befahl er Trauer für das ganze Land und zog sich vom öffentlichen Leben zurück. Um nicht an derselben Krankheit elend zu sterben, beauftragte der Kaiser seine Hofmagier mit der Herstellung einer Medizin, die ihn schützen sollte.

In einer Höhle am Fuß des Vulkans Chi-Nen ließ er für Nirtanian ein prunkvoll ausgestattetes Grab errichten, ihr Sarkophag war aus Marmor und Alabaster, geschmückt mit eingelegten Mustern aus vielen tausend Edelsteinen. Er besuchte sie täglich und überließ seinen Ministern immer öfter die Regierungsgeschäfte. Eines Tages ließ er den gesamten Inhalt seiner Schatzkammern in die Höhle bringen und gab sich ganz seiner Trauer hin. Mit dem Palast verkehrte er nur noch schriftlich und kümmerte sich kaum darum, was in seinem Reich geschah.

Die Minister beratschlagten, wie es weitergehen sollte. So konnte man auf Dauer ein Land nicht lenken, es musste für Klarheit gesorgt werden. Derzeit gab es nur ein paar unmündige Söhne, deren ältester gerade einmal zehn Jahre zählte. Mit ihm auf dem Thron hätten sie größere Handlungsfreiheit, außerdem gierten sie auf all das Gold.

Ein Plan wurde geschmiedet, wie man sich des Kaisers entledigen konnte.

Ein Kämpfer wurde angeworben. Die Minister erzählten ihm von dem unermesslichen Schatz und versprachen ihm ein Zehntel dessen, was man aus der Höhle herausholen würde, wenn er den Kaiser tötete. Außerdem sollte er wieder Freiheit und volle Bürgerrechte erlangen, denn zurzeit lebte er in Verbannung auf der Insel Kinauon vor Menyangals Küste.

Der Mann hieß Timi Bazzu und war der Anführer einer Räuberbande. Man hatte sie gefasst, verurteilt und nur deshalb nicht hingerichtet, weil sie ein paar unbequeme Emporkömmlinge aus dem Weg geräumt hatten. Und sie waren käuflich. Für ein Zehntel des Schatzes würden sie ohne zu zögern den eigenen Landesherrn ermorden.

Ihre Verbannung wurde aufgehoben, und sie durften ihre Insel verlassen. Im Palast wurden sie mit Waffen und Pferden ausgestattet, von dort aus ritten sie zu der Höhle. Bazzu befahl seinen Leuten, draußen auf ihn zu warten. Wenn er gegen den alten Mann da drin Hilfe benötigte, würde er sie schon rufen.

Er traf Kaiser Jerigen an, wie dieser gedankenverloren auf einem hohen Goldhaufen saß und müßig mit ein paar Münzen klimperte. Dünn sah er aus und zutiefst unglücklich. Als Bazzu mit seinem Stiefel zufällig auf ein Goldstück trat, bewegte sich ein Schatten im Hintergrund und kam näher. Eine riesige Schlange, mit einem Kopf so groß wie der eines Krokodils, kroch heran. Sie legte sich schützend um den Goldschatz und zischte warnend in Bazzus Richtung.

„Ich kann nichts machen", erklärte der Kaiser von seiner goldenen Anhöhe aus. „Sie kam eines Tages durch den Schlot herein, sie muss das Gold erspürt haben. Das gehört jetzt alles ihr. Mich duldet sie nur als eine Spielfigur, der weiterhin Tribut gebracht wird."

Bazzu ging um den Goldberg herum, zog sein Schwert und stach versuchsweise in den schuppigen Schlangenkörper, jedoch ohne Erfolg. Das Reptil schien es nicht einmal zu spüren.

Er wandte sich wieder an den Kaiser. „Ich habe den Auftrag, dich zu töten", rief er hinauf. „Da draußen ist man der Tributpflicht überdrüssig und wünscht einen der jungen Prinzen auf dem Thron. Wie stehst du dazu?"

„Das kann ich meinen Untertanen nicht verdenken", räumte Jerigen ein. „Ich wollte längst neben meiner Gemahlin im Paradies weilen, aber mein Herz – es schlägt und schlägt, und jetzt ist die Schlange da und lässt mich keinen Schritt tun."

„Gibt es hier einen anderen Weg hinaus?"

„Ja, mehrere. Der Vulkan ist von vielen Gängen durchzogen. Dort drüben neben der glatten Wand zum Bespiel, der Weg ist der kürzeste. Man kommt auf der anderen Seite heraus, auf halber Höhe einer Steilwand. Doch die Schlange lässt mich nicht entkommen. Wäre ich doch eher gegangen. Jetzt ist es für mich zu spät."

„Wenn ich dir helfe, bist du bereit, angemessen dafür zu bezahlen?"

„Jeden Preis, den du willst. Ich kann ja sowieso nichts mitnehmen."

Die Schlange war der Unterhaltung gefolgt, als könne sie jedes Wort verstehen. Nun fixierte sie Bazzu und richtete sich auf. Aus mehreren Metern Höhe sah sie eindringlich auf ihn herab und entfaltete zwei ledrige Flügel.

„Ich gehe jetzt besser", rief Bazzu dem Kaiser zu, „aber ich denke über eine Lösung nach!" Er wich mit schnellen Schritten in den Tunnel zurück, der nach draußen zu seinen Kumpanen führte. Der Schlangenkörper näherte sich schnell und blockierte hinter ihm den Eingang. Die Höhle war zu.

„Also, Männer …", nun hatte Timi Bazzu viel zu erzählen. Bis spät in den Abend beratschlagten sie, wie es machbar wäre, dass sie sowohl ihren Auftrag erfüllten als auch einen größeren Batzen oder gar den ganzen Goldschatz bekommen konnten. Und sie hatten eine Idee.

Früh am nächsten Morgen machten sie sich auf den Weg um Chi-Nen herum. In der Schlucht auf der anderen Seite suchten sie nach dem Eingang, der auf halber Höhe einen kurzen Weg in die Goldhöhle bot. Aus Holz und

Steinen bauten sie eine Falle, und dann ging Bazzu weiter, um die Schlange herauszufordern.

Das Reptil war nirgends zu sehen. In einer prächtig verzierten Nische seitlich des Goldhaufens, auf dem Sarkophag von Nirtanian, saß Kaiser Jerigen und wirkte niedergeschlagen. Während Bazzu überlegte, ob er ihn ansprechen oder jetzt einfach so töten sollte, spürte er ein Rumpeln unter seinen Füßen. Nahezu gleichzeitig glitt die Schlange aus einem Seitengang und ringelte sich um das Gold.

Plötzlich erklang ein leises Klirren, als Goldstücke aneinanderschlugen. Dann fuhr ein dumpfes Pochen durch den Boden, das schnell an Intensität gewann. Die Schlange richtete sich auf und bewegte sich unruhig. Ein Stoß erschütterte den Berg, Bazzu warf es fast von den Füßen. Der Kaiser schrie auf: „Ein Erdbeben!" und versteckte sich hinter dem Sarkophag.

Der nächste Erdstoß brachte mehrere Höhleneingänge zum Einsturz. Bazzu sah ein, dass er schnell umdenken musste. Kaiser, Schlange und Gold waren jetzt unwichtig, er musste sein eigenes Leben und das seiner Leute retten. Taumelnd und stolpernd erreichte er den Gang, durch den er hereingekommen war und rannte los.

„Lasst die Falle, wir müssen raus hier!" scheuchte Bazzu seine Männer auf, und sie machten sich eiligst davon. Es gelang ihnen, zu den Pferden zu kommen und die Schlucht zu verlassen. Sie hielten erst an, als sie eine große Entfernung zwischen sich und Chi-Nen gebracht hatten. Von dort sahen sie zu, was weiter passierte.

Der Vulkan rauchte, und in dieser dunklen Wolke entstand ein Wirbel. Wie ein goldglitzernder Tornado stieg die Schlange aus dem Schlot auf, ihre Flügelschläge sogen die Goldstücke und Edelsteine mit nach oben. In einem langen glühenden Schweif zog sie immer höher gen Himmel und verschwand hinter Dunstschwaden. Mit einem gewaltigen Knall explodierte die Spitze des Vulkans und schleuderte Lava, Steinbrocken und Goldstücke durch die Luft.

Am Abend hatte sich der Vulkan beruhigt, und Bazzu kehrte mit seinen Männern zum Palast zurück. Einige Teile davon waren zerstört worden, viele Menschen waren ums Leben gekommen, darunter Jerigens Söhne und die meisten der Minister. Bazzu organisierte sofort Gruppen von Helfern, ließ die Verwundeten versorgen, die Toten begraben und das Chaos aufräumen.

Niemand erhob Einwände, als er alle Kammern und Säle in Besitz nahm. Die unnützen Luxusgegenstände des Palastes tauschte er gegen Lebensmittel, Baumaterial und Handwerker ein und ließ die zerstörten Häuser wiederaufbauen. Die dankbaren Bürger krönten Timi Bazzu zu ihrem Kaiser, denn nie zuvor hatte ein Herrscher sich so um sie gekümmert. Er hingegen wusste, dass Menyangal so reich war wie kein anderes Land und weiteren Tribut gar nicht brauchte. Er gab die Länder frei und knüpfte ein weites Handelsnetz, das allen Beteiligten gute Gewinne einbrachte.

Niemand weiß, wie viele Goldstücke bei der Explosion aus dem Schlot geschleudert wurden. Immer wieder werden welche gefunden, wenn ein Bauer sein Feld umgräbt oder wenn eine Gärtnerin eine Pflanze einsetzt.

Der Vulkan ruht still, doch soweit man feststellen kann, sind seine Höhlen mit erkalteter Lava angefüllt. Der Sarkophag von Nirtanian ist wahrscheinlich darin eingeschlossen, und Kaiser Jerigen mit ihm.

Die menyangalischen Astrologen behaupten, dass an jenem Tag ein neuer Stern am Himmel erschien, der heller strahlte als alle anderen, die ihn umgaben. Er bildet nun den Kopf des Sternbildes „Diamantschlange", und mit einem sehr guten Teleskop kann man eine Struktur sehen, die einer zur Kugel gerollten Schlange gleicht, mit einem Halo aus glitzernden Teilchen.

Quellen:
- Felszeichnungen im Flusstal des Hanin
- „Chronik der menyangalischen Herrscher" von Yoto Mazada
- Ausgrabungsberichte über die Jerigenische Periode, Karel Windic
- „Mein Weg auf den Thron" Biografie von Kaiser Timbaz, Kaiserliches Museum Chi-Nen-Dau
- „Handbuch der Astrologie" von Romo Penduas

Wie der Südcorlanische Zugbrückenpinkler zu seinem Namen kam

*Wenn eine Drachenart im Volksmund einen so außerge-
wöhnlichen Namen trägt, dann verlangt das nach einer Erklärung. Wie so oft steckt eine Begebenheit dahinter, die aufgrund
akribischer Hofschreiber bestens dokumentiert ist. Sumpfdrachen stehen in Corlan unter Schutz und kommen im Süden
hauptsächlich rund um den Korallensee vor.*

König Detolf Rab von Corlan war ein in höchstem Maße abergläubischer Mann. Seit frühester Jugend bestimmten Seher, Sterndeuter, Kartenleger und Kristallpendler sein Leben, und es gab keine größere Entscheidung (oft genug betraf das auch die kleineren), die er ohne vorherige Konsultation seines orakelnden Beraterstabes traf.

Ein typischer Tagesablauf begann mit einer Traumdeutung und daraus resultierender Vorausschau der heute zu erwartenden Ereignisse, die der Seher Almatrides vortrug, noch bevor der König das Bett verlassen hatte.

Auf Grundlage dieser Vorausschau musste der Kammerdiener dann die dafür angemessene Garderobe sowie die dazugehörigen Amulette aussuchen und bereitlegen.

In der Küche pendelte Meister Karolus die Speisen aus, die der königlichen Gesundheit heute am zuträglichsten waren.

Während des Frühstücks sondierte der Hofastrologe Ben Kabiri die Möglichkeit unmittelbarer Gefahren und wie sie zu vermeiden wären, und anschließend nahm Frau Carriola vom Stamm der Karamani sich des Königs Teetasse vor, um daraus weitere Einzelheiten in Erfahrung zu bringen. König Detolf glaubte fest daran, dass solche Vorhersagen ihn sicher durch die Unwägbarkeiten seiner Regierungszeit geleitet hatten, und er war bisher nie enttäuscht worden.

Die Leibgarde des Königs hatte eine Sonderausbildung erhalten, die sie befähigte, nicht nur auf direkte körperliche Angriffe zum Beispiel durch einen Feind zu reagieren. Die Männer waren gleichermaßen dazu imstande, herumstehende Leitern wegzuräumen, den Weg kreuzende schwarze Katzen zu verscheuchen und sich vorsorglich um alles andere zu kümmern, das dem König als Unglück bringend vorausgesagt worden war.

Staatsgeschäfte waren begleitet von den Unfehlbaren Würfeln, die aus dem sagenhaften Land Nanthelya stammen sollten und für die König Detolf ein kleines Vermögen ausgegeben hatte.

Und jedes Jahr zur Sommersonnenwende leistete der König sich eine Reise in den fernen Norden, bis kurz vor die Grenze nach Khunyak, zum Orakel von Mirtah, um Rat für seine großen Ziele oder Probleme zu erhalten.

Erstaunlicherweise funktionierte trotzdem – oder deswegen? – alles ganz gut, die Corlanen waren mit ihrem König soweit zufrieden. Sie hatten nichts dagegen, einer schwarzen Katze zu begegnen, mit dem linken Fuß zuerst aufzustehen oder in Vollmondnächten die Fenster offen zu lassen.

Was König Detolf aber am meisten fürchtete, waren Frauen. Nicht Frauen im Allgemeinen, sondern solche, die heiratswillig und dabei versessen auf den Posten der corlanischen Königin waren. Denn sein eigener Vater hatte einmal zu ihm gesagt: „Junge, sieh dich vor und such dir die Richtige aus. Denn mit dem Tag deiner Heirat kann das schöne Leben ganz schnell vorbei sein." Und dabei hatte er mit finsterem Gesichtsausdruck dem Sarg der Königin hinterhergesehen, als er in der Erde versenkt wurde.

Nur drei Tage später erstickte er an einer Fischgräte, weil er nicht beachtet hatte, dass es laut Meister Karolus' Pendel ein Fasanen- und Wachteltag war.

So wurde Detolf Rab von Corlan mit vierzehn Jahren zum König. Und er nahm sich fest vor, den letzten Rat seines Vaters zu beherzigen.

Wieder war eine Sonnenwend-Feier vorbei, und König Detolf befand sich auf dem Rückweg nach Hause. Er fühlte ein seltsames Wohlsein, vermischt mit Unbehagen, denn zum ersten Mal hatte er dem Orakel die Frage gestellt, wann ihm eine Frau begegnen werde, die die Richtige für ihn sei. Jetzt mit dreißig Jahren fühlte er sich stark genug, die Herausforderung einer festen Verbindung anzunehmen. Und das Orakel hatte angedeutet, dass bald mit weiblicher Gesellschaft zu rechnen sei.

Am späten Nachmittag traf der König wieder in der Burg Rab ein, die er als Sommerresidenz bewohnte. Sie lag an der Einmündung des Flusses Amelin in den Korallensee und war so gebaut, dass immer ein leichter Wind durch alle Räume strich. Hier konnte man selbst die größte Mittagshitze gut aushalten.

Detolf ging sofort in sein Arbeitszimmer, wo seine Berater ihn erwarteten. Er strahlte in die Runde, breitete die Arme aus und verkündete: „Sie kommt! Und zwar schon bald, jedenfalls bevor wir in unser Winterquartier im Stadthaus umziehen."

Frau Carriola schmunzelte belustigt und warf Ben Kabiri einen Blick zu. Dieser machte sich sofort daran, seine Sternkarte auszurollen, um darin den perfekten Zeitpunkt zu finden.

Almatrides nickte bedächtig und fragte: „Hoheit, wie war der genaue Wortlaut des Orakels? Ist die Formulierung klar oder muss sie interpretiert werden?"

„Tja – gut, dass Ihr fragt ..." Detolf zog ein Stück Pergament aus seinem bestickten Wams und las es stumm. Dann räusperte er sich.

„Es gibt ein oder zwei Dinge, die mir rätselhaft bleiben. Aber es ist ganz klar die Voraussage, dass Corlans zukünftige Königin nicht mehr lange auf sich warten lässt."

Meister Karolus streckte die Hand aus.

„Darf ich, Hoheit?"

Er las den Text ebenfalls erst stumm, runzelte die Stirn, las ihn noch einmal, zuckte die Schultern und wandte sich an seine Kollegen.

„Orakelhaft, wie es zu erwarten war. Hört euch das an: BEREITE EIN FEST! LADE DIE SCHÖNSTEN EIN! UND DANN FOLGE DEM KLOPFEN DEINES HERZENS UND DER SPUR DES DRACHEN!"

König Detolfs Grinsen wuchs in die Breite. „Die Schönsten einladen! Allein das klingt doch lieblich wie eine Hochzeitsmelodie, findet ihr nicht auch?"

„Ja, aber was ist mit dem Drachen gemeint?" gab Frau Carriola zu bedenken. Der König wischte den Einwand beiseite.

„Das verstehe ich leider nicht, typisch Orakel. Aber es ist kein Grund, dem Rest des Orakelspruchs nicht zu folgen. Geben wir also ein Fest! Mit allen Schönen, die Corlan zu bieten hat!" Detolf winkte einem Sekretär und diktierte ihm einen kurzen Einladungstext. Dann zog er Almatrides hinzu und sagte: „Kümmert Euch darum, dass wirklich nur die Damen eingeladen werden, die alle nötigen Voraussetzungen erfüllen. Mit Eurer Gabe sollte das kein Problem sein. Mein Schneider benötigt Zeit für ein neues Prunkgewand, und auch den Gästen müssen wir eine Vorbereitungsfrist einräumen. Beim nächsten Vollmond wollen wir feiern."

Almatrides nickte und verbeugte sich, den Termin hätte er sowieso vorgeschlagen. Sie erörterten einige Details und verteilten weitere Aufgaben, und später ging König Detolf mit dem beschwingten Gedanken zu Bett, dass seine Welt sich bald in eine andere Richtung drehen werde.

Zwei Tage lang hatte Almatrides sich bemüht, mit seinen sensiblen Sinnen die heiratsfähigen Mädchen und Frauen zu erfassen, die zum Fest eingeladen werden sollten. Außerdem und zur Sicherheit hatte er einen der Sekretäre die aktuellen Adelslisten studieren lassen, damit sie nur keinen Namen vergaßen. Am Ende hatten sie fünfundvierzig Damen gefunden, die sowohl schön als auch ledig und im passenden Alter waren, dazu von so edler Geburt, dass eine Heirat mit dem König standesgemäß wäre.

Am dritten Tag ritten Boten aus, um die Einladungen zu überbringen, und dann begann das Vorbereiten und Warten auf den Großen Tag.

Für den König verging die Zeit wie immer, außer dass er jetzt einige Anproben bei seinem Schneider mit einzuplanen hatte. Abends ging er hinaus auf seinen Balkon, von dem aus er den Mond sehen konnte, und beobachtete aufmerksam, wie das kalte Leuchten immer schmaler wurde, ganz verschwand und dann wieder als feine Sichel erschien, die allmählich breiter wurde.

Und dann war der Festtag da. Detolf begann seinen Tagesablauf wie immer und war sich bewusst, dass wahrscheinlich gerade die ersten Gäste eintrafen und von den Dienern in ihre Unterkünfte geleitet wurden, dass der Thronsaal geschmückt wurde und dass in der Burgküche viele leckere Speisen entstanden, die Meister Karolus ihm erfahrungsgemäß nicht gestatten würde. Und in all dem Gewimmel heute würde SIE sein, die Eine, die Richtige ... oh ja, es wurde für ihn wirklich höchste Zeit, ihr zu begegnen. Noch immer hatte er keine Idee, was mit dem Drachen gemeint sein konnte, aber er hoffte, dass er es im richtigen Moment erkennen würde.

Der Vollmond stand prall und klar am Himmel, als der Herold die Damen vorstellte, die sich im Defilee dem Thron näherten, von wo König Detolf ihnen ein Willkommen zunickte.

„Prinzessin Adelina von Mittersberg!" Eine hochgewachsene Blondine in hellblauer Seide, mit einem Gesicht wie ein Engel und blauen Augen zum Dahinschmelzen.

„Prinzessin Sharifa von Edessa-Tyra!" Ein exotischer Typ, klein und wohlgerundet, mit Haaren wie Seide und einem süßen Schmollmund.

„Die ehrenwerte Petrya Sensen!" Alter Geldadel, jeder kannte die Sensen-Familie und ihre Webereien für allerfeinste Tuche und Brokate. Das Mädchen war schön, schien sich aber in der höfischen Umgebung nicht wohlzufühlen.

„Baroness Marie zu Fjellsborg!" Eine sommersprossige Stupsnase unter rotblonden Flechten und ein breit lächelnder Mund mit gesunden Zähnen, genau wie man sich ein echtes Naturkind vorstellte.

Eine nach der anderen schwebte heran und vorbei, mit gertenschlanker Anmut oder auch mit energischer Entschlossenheit. Nach dem achten Namen stellte König Detolf erstaunt fest, dass für ihn die Unterschiede immer mehr verschwammen, und ab Nummer Zwölf sahen die Damen so gut wie gleich aus. Sein Lächeln wollte herabsinken, und er riss sich zusammen. Bis jetzt war sein Herzschlag nicht über das normale Maß von festlicher Aufgeregtheit hinaus heftiger geworden. SIE, die Eine, sie musste also noch erscheinen.

„Lady Helenki Tartinen!" Die letzte Dame in der Reihe, blond, blauäugig, lächelnd. Zur Abwechslung ein dunkles Kleid, das ihre Blässe betonte.

Detolf beugte sich zur Seite, wo Almatrides stand, und fragte leise: „Waren das alle?"

„Ja, Herr. Die Schönsten der Schönen, die derzeit in Corlan zu finden sind und würdig, Eure Gattin zu werden."

„Seltsam – ich habe nichts gespürt."

„Sicher kommt das noch. Der Abend hat gerade erst begonnen. Lernt sie doch erst einmal kennen."

„Ja, Ihr habt Recht. Ich bin zu ungeduldig."

Auf ein Zeichen des Königs schmetterten die Bläser eine Fanfare, und der Herold hielt eine Begrüßungsansprache. Die Musik setzte mit einem Tanzlied ein, Pagen erschienen mit erfrischenden Getränken, und aus dem Speisesaal wehte ein leckerer Duft herüber. Das Fest begann.

Im Verlauf der nächsten Stunden war König Detolf pausenlos beschäftigt. Er tanzte mit jeder der Damen, plauderte und begutachtete, und er lernte viel dabei. Vor allem dies: Schönheit braucht nicht notwendigerweise Intelligenz. Etwa die Hälfte der infrage kommenden Bräute war schön, reich, wohlerzogen – und langweilig. Die Gespräche mit ihnen versandeten schnell in allgemeinen Themen. Eigene Meinungen vertraten sie meist nicht. Wo sich jedoch Persönlichkeit und Intelligenz zeigten, gab es gleichzeitig mindestens einen störenden Aspekt. Die eine lachte zu laut und zu viel, die andere war besserwisserisch, eine dritte gestand, nachts zu schlafwandeln.

Des Königs Herz machte keine Freudensprünge, im Gegenteil. Er fühlte eine gewisse Schwermut aufsteigen und zweifelte an der richtigen Interpretation des Orakelspruchs.

Mitternacht war lange vorbei, am Horizont kündigte eine zarte Verfärbung den nahenden Morgen an. Detolf gähnte und trat auf den Balkon hinaus, atmete tief und fiel wieder ins Grübeln.

Unten im Hof waren die ersten Bediensteten unterwegs, er sah ihnen müßig zu. Eine Bewegung in der Nähe des Tores erregte seine Aufmerksamkeit. Jemand in einem dunklen Kapuzenumhang schlich entlang der Mauer und mied jeden Lichtschein.

Ein Dieb? Detolf kam sofort der wertvolle Schmuck in den Sinn, den die Damen mitgebracht hatten, um angemessen prinzessinhaft auszusehen. Er setzte an, nach der Wache zu rufen, stoppt aber dann. Denn voller Erstaunen stellte er fest, dass sein Herz aufgeregt klopfte; ein Gefühl, auf das er seit vielen Stunden ungeduldig gewartet hatte. Lautlos trat er vom Balkon zurück und beeilte sich, auf dem kürzesten Weg nach unten und zum Tor zu kommen. Unterwegs überlegt er fieberhaft: Was hatte das Orakel gesagt? Er sollte einem Drachen folgen?

Die fremde Gestalt war verschwunden, aber die Seitenpforte des Tores stand einen Spalt offen. Der Torwächter kehrte soeben von der Küche zurück, in der einen Hand einen Krug Dünnbier, in der anderen eine Brezel. Als er den König sah, wusste er kaum, wie er jetzt ordentlich salutieren sollte.

Detolf winkte ab. „Lass das, schon gut. Sag mir lieber, ob du hier jemanden hast hinausgehen sehen."

„Hoheit, nein, niemanden. Bitte um Vergebung, ich war nur ganz kurz weg."

„Ja, in Ordnung. Nimm deinen Platz wieder ein und sei still."

Unter dem erstaunten Blick des Wächters öffnete Detolf langsam die Pforte und schaute hinaus. Der Vorplatz war leer, doch am Ende der heruntergelassenen Zugbrücke sah er die Gestalt wieder. Sie bückte sich und hob etwas auf, versteckte es unter dem Umhang und ging davon.

Was sollte er jetzt tun? Hinterherstürmen und sich vielleicht total lächerlich machen, wenn sich sein Verdacht als grundlos herausstellte? Das Ganze vergessen und endlich schlafen gehen?

Schritte und Stimmen näherten sich, zwei Jäger kamen herüber und brachten die Zutaten für das heutige Festmahl, denn es war wieder Fasanen- und Wachteltag.

„Hast du das eben gesehen? Ganz schön dreist, so einfach an den Pfosten zu pinkeln. Wie wenn ein Hund sein Revier markieren würde."

„Ja, aber bei Drachen heißt das wohl nichts. Ach, wer kann kennt sich überhaupt damit aus, wie Drachen sich verhalten. Oh, guten Morgen, Hoheit!"

„Guten Morgen. Was habt Ihr da eben über Drachen gesagt?"

„Ach, das war nur eine junge Dame mit einem zahmen Sumpfdrachen, und der hat sich ein bisschen danebenbenommen."

Jetzt fühlte Detolf eine Gänsehaut seinen Nacken heraufkriechen. Er schaute zum Ende der Zugbrücke. Der Weg führte in den Wald, da war niemand mehr zu sehen.

„Eine Dame? Wie sah sie aus?"

Die beiden Jäger schauten einander unschlüssig an und versuchten eine Beschreibung. Man einigte sich schließlich auf große, dunkle Augen, eine schmale Nase und einen breiten Mund mit schönen weißen Zähnen. Mehr sei nicht zu erkennen gewesen, aber sie sei alles in allem recht hübsch.

Der König schob die Jäger durch die Pforte und befahl, den Hundeführer mit drei seiner besten Spürnasen herzuschicken. Wenige Minuten später eilte dieser im Laufschritt von den Zwingern herüber, mit zwei Hunden an der Leine, und auf dem Arm einen Sumpfdrachen.

Der König blinzelte verblüfft. „Master Brebol, seit wann jagen wir denn mit Drachen?"

„Hoheit, es ist ein Versuch. Ich will herausfinden, ob in diesem Gelände ein Drache erfolgreicher ist als ein Hund."

„Das wird sich hoffentlich gleich zeigen. Da vorn ist eine Fährte, die verfolgt werden soll.

Mittlerweile hatte es sich in der Burg herumgesprochen, dass am Tor irgendetwas Interessantes vor sich ging. Aus allen Fenstern schauten Neugierige, der Balkon stand voller Gaffer, und wer alles ganz genau mitkriegen wollte, hatte sich einen Morgenmantel übergeworfen und war herunter ans Tor gekommen.

Ben Kabiri trat vor und raunte dem König zu: „Das heutige Horoskop sagt Euch Erfolg auf der Jagd nach einem seltenen Wild voraus, Majestät. Und Almatrides lässt Euch ausrichten, dass er Euch im Traum gesehen hat, mit einer Braut und auf einem Drachen reitend."

Am Ende der Zugbrücke war noch deutlich die feuchte Stelle zu sehen, wo ein Tier auf allgemein anerkannte Weise an einem Pfahl seine Markierung hinterlassen hatte. Master Brebol ließ die Hunde schnüffeln und spornte sie an, „Such, such!" die Spur aufzunehmen. Den Sumpfdrachen setzte er auf den Boden und zeigte ihm den Pfahl. Die kleine Echse bezüngelte interessiert die Markierung, warf sich herum und hoppelte flink auf den Wald zu.

„Ich folge den Hunden!" rief der Hundeführer.

„Tut das, ich folge dem Drachen!" Detolf hatte so eine Ahnung, dass Gleich und Gleich eher zusammenfinden werde als Jäger und Beute. Außerdem beeindruckte es ihn, mit welcher Entschlossenheit das kaum armlange Schuppentier auf seinen Flossenfüßchen die Geruchsspur verfolgte.

Die Sonne war aufgegangen, Morgennebel waberten im goldenen Licht, das vielstimmige Konzert der Waldvögel übertönte andere Geräusche.

Detolf ließ den kleinen Drachen nicht aus den Augen. Er war langsamer geworden, wie unentschlossen, ob er sich weiter nähern solle oder nicht. Durch die Bäume schimmerte die dampfende Oberfläche eines Teiches. Ein Reiher stand unbeweglich im Flachwasser, auf Beute lauernd.

Für einen Moment verstummten alle Vögel, dann ein Knacken, ein lauter Platsch, der Reiher flog davon. Detolfs kleiner Begleiter schoss vor und war mit wenigen Sätzen am Teichufer, wo er sich Auge in Auge mit einem Artgenossen wiederfand.

Detolf runzelte die Brauen. Merkwürdig. Ein so kleines Tier konnte nicht ein so lautes Geräusch verursacht haben. Er suchte die Wasseroberfläche ab. An einer Stelle stiegen Luftblasen auf. Er verließ die Deckung der Bäume und hockte sich neben seinen Sumpfdrachen. Er lauschte auf sein Herz. Es klopfte wie rasend.

Und dann teilten sich die Fluten, und SIE tauchte auf. Ohne ihren Beobachter sofort zu bemerken, schwamm sie ein Stück weiter hinaus zu den Seerosen, pflückte eine Blüte und steckte sie sich ins Haar. Dann drehte sie sich um und schrie auf.

Detolf beeilte sich, mit beschwichtigenden Gesten auf seine Harmlosigkeit hinzuweisen. Er zog sich ein Stück zurück und betrachtete demonstrativ den Flechtenbewuchs eines vermodernden Baumstamms, damit die Schwimmerin schicklich aus dem Wasser kommen und sich ihre Kleidung überwerfen konnte.

„Ihr könnt Euch umdrehen. Wer seid Ihr? Und wozu diese Verfolgung?"

Kein guter Einstieg. Detolf sah in dunkle, zornblitzende Augen, umrahmt von kinnlangen Locken, aus denen Teichwasser tropfte. Offensichtlich erkannte die junge Dame im gleichen Moment, dass sie den König von Corlan ausschimpfte, presste aber die Lippen zusammen und nahm kein Wort zurück.

Interessant. Detolf kannte dieses Gesicht nicht. Er war ganz sicher, dass sie ihm nicht als eine der fünfundvierzig Schönsten vorgestellt worden war. Und seiner Meinung nach hätte sie unzweifelhaft dazugehört.

„Ich bin Detolf Rab von Corlan und erbitte demütig Eure Verzeihung", lenkte er ein. „Und darf ich Euren Namen erfahren?"

Die Dame zögerte, zog dem Umhang enger um sich und seufzte schließlich.

„Na schön. Es musste wohl so kommen. Ich bin Petrya Sensen."

„So? Die habe ich anders in Erinnerung."

„Das war meine Zofe. Ich habe sie gestern in mein Kleid gesteckt, weil ich so einer blöden Weissagung nicht folgen wollte."

Sie drehte sich zum Wasser, wo zwei grünschuppige Leiber umeinander kapriolten, und klatschte in die Hände. Sofort kam eines der Tiere heran und kroch an Land. Petrya nahm den Drachen auf den Arm.

„Das ist Delta. Sie ist ganz zahm, und ich habe sie immer bei mir. Aber eine Handleserin hat mir gesagt, dass ich sie verlieren werde, wenn ich zum Fest des Königs gehe. Also habe ich mir gedacht ..."

„... dass nicht Ihr persönlich hingeht, sondern statt Eurer die Zofe zum Fest schickt und so die Weissagung aushebeln könnt", ergänzte Detolf den Satz. Er konnte sich ein Grinsen nicht verkneifen. „Aber so funktionieren Orakelsprüche offenbar nicht."

Er sah sofort, dass er sich missverständlich ausgedrückt hatte. Petrya wich zurück, ihre Haltung war angespannt. Jetzt kam der Fährtensuchdrache aus dem Teich, reckte sich an Petrya hoch und wollte in Deltas Nähe. Sie fiepte ihm zu.

„Lasst uns zurück zur Burg spazieren", schlug Detolf versöhnlich vor. „Bestimmt gibt es gleich Frühstück. Unterwegs haben wir genug Zeit, unsere Ansichten über Voraussagen zu vergleichen. Nur zum Beispiel."

Master Brebol sah sie zuerst, wie sie in gemächlichem Tempo herangeschlendert kamen, vor der Zugbrücke kurz stehenblieben, auf den Boden zeigten und über etwas dort diskutierten, dann ihren Weg fortsetzten: Der König, leicht derangiert wirkend und mit Schlamm an den Schuhen, neben ihm eine Dame im Kleid einer Zofe, mit feuchten Kringellöckchen, auf dem Arm zwei Sumpfdrachen.

„Ich kann bestätigen, dass die Hunde das Ziel nicht erreicht haben", rief der König dem Hundeführer entgegen. „Doch verfüge ich jetzt und hier, dass in ganz Corlan der Sumpfdrache von der Jagd ausgenommen sein soll, sei es auf Seiten des Verfolgers oder des Verfolgten!"

Die Dame setzte die beiden Echsen zu Boden, sie balgten sich übermütig und sprangen dann in den Burggraben.

„Dies ist die ehrenwerte Petrya Sensen – diesmal die echte – und ich werde beim Frühstück offiziell unsere Verlobung bekanntgeben."

Er nahm ihre Hand, sie lächelte ihn an.

„Und eine Erkenntnis möchte ich euch allen mitteilen. Orakelsprüche und Weissagungen haben ihre eigenen Gesetze, man kann sie nicht den eigenen egoistischen Wünschen anpassen. In unserem Fall gab es so einen frechen kleinen Zugbrückenpinkler …"

Der Rest der Ansprache ging in lautem Gelächter unter. Almatrides, Ben Kabiri, Meister Karolus und Frau Carriola sahen sich an und nickten zufrieden. Sie fühlten sich in ihren Rollen bestätigt und würden selbstverständlich weiterhin ihr Bestes geben, das Königshaus durch die Unwägbarkeiten des Lebens zu geleiten.

Delta und ihr neuer Freund blieben eine Weile im Burggraben, neugierig bestaunt von Hofstaat und Besuchern. Eines Nachts im Spätsommer wanderten sie hinüber zum Teich im Wald, wo sie eine Höhle gruben, um darin zu überwintern.

Seitdem kommt in jedem Frühjahr die Königsfamilie zum Teich bei der Burg Rab, um dort diese südlichste Kolonie von Sumpfdrachen zu besuchen, die seit der Heirat von Detolf und Petrya als neues Wappentier aufgenommen wurde.

Zum Greifen nah

Es wurde im Roman mehrfach erwähnt, welch bizarre Ideen König Zachelias der Achte von Anthurien während seiner Amtszeit entwickelte.

Begrenzung macht erfinderisch, und es hilft, wenn man auf Altbewährtes zurückgreifen kann. Wobei das mit dem Greifen jetzt ein hübsches Wortspiel ergibt …

Die Sorte ist abgelehnt, da nicht authentisch anthurisch! lautete die kurze Botschaft, die Harold Appelbuhr in den abgearbeiteten Händen hielt. Er ging durch die Hintertür hinaus in den Garten und winkte seinem Sohn.

„Kannst aufhören", rief er ihm zu. „Fjalba ist uns nicht genehmigt worden, also brauchst du sie gar nicht weiter einzupflanzen. Hol sie wieder raus. Kannst gleich alles auf den Müll schmeißen!"

Ruphin richtete sich stöhnend auf und wischte sich den Schweiß von der Stirn. Den Korb mit Stecklingen, die von einem Moment zum anderen zu verbotenen Exoten geworden waren, schob er beiseite.

„Aber warum denn? Viele Leute haben Fjalba im Garten, alle essen sie gern. Die Marmelade daraus ist unsere beste."

Er sah, wie sein Vater mit hängenden Schultern ins Haus zurückkehrte und in hilfloser Verzweiflung den Kopf schüttelte.

Seit ein paar Jahren ging das mittlerweile so. In unregelmäßigen Abständen wurden Bekanntmachungen auf dem Beerdorfer Marktplatz verlesen oder Botschaften zugestellt, in denen Dinge verboten wurden, die bisher als völlig normal galten. Letzten Monat ging es um die Einfuhr tyrenischer Seide (was der Landbevölkerung egal war, die Reichen und den Adel aber vor ernste Probleme stellte) und davor um den Anbau von Hirse, die zwar hier nicht heimisch war, aber im Laufe der Zeit Eingang in viele Speisen gefunden hatte. Seitdem war die regionale Küche um einiges ärmer geworden.

Der Grund dafür: König Zachelias der Achte hatte einen Tick entwickelt, der ihn alles verbieten ließ, das von außerhalb er Landesgrenzen kam. Inzwischen gab es eine lange Liste von Verbotenem, und die Anthurier hatten es zu einer Kunst entwickelt, Alternativen zu finden, die vor den königlichen Augen Gnade fanden.

„Mir reicht's jetzt. Ich werde zu Kurim gehen, der Junge hat es wenigstens richtig gemacht. Hier hält man es ja nicht mehr aus", tönte es von drinnen. Ruphin nickte müde. Sein älterer Bruder Kurim hatte letztes Jahr schon aufgegeben. Er war nach Kemiland gegangen, wo er mit Süßspeisen aus Obst ein Heidengeld verdiente.

Er konnte verstehen, dass sein Vater es nicht ertragen konnte, miterleben zu müssen, wie sein erfolgreicher kleiner Gärtnerbetrieb allmählich zugrunde gerichtet wurde. In Kemiland könnte er bei seinem anderen Sohn und dessen Familie zumindest einen ungestörten Lebensabend verbringen.

Eine Woche später winkte Ruphin dem Wagen nach, der seinen Vater nach Kemiland brachte. Die Fjalba-Stecklinge reisten mit ihm, da die Pflanze kemischen Ursprungs war und in Kurims Garten bestimmt bestens gedeihen würde. Mit auf dem Wagen saß Familie Hederlind, die mit dem Verbot von ausländischen Sprachen – gestern erteilt – ihre Erwerbsgrundlage verloren hatte. Beide waren Lehrer, er für Tyrenisch und Menyangali, sie für Hastemisch, Sophierisch und Rosinantisch. Das brauchte jetzt niemand mehr.

Ruphin seufzte. Er hatte ein Auge auf die älteste der drei Hederlind-Töchter geworfen. Da entschwand sie nun vor seinen Augen. Seine persönliche Zukunft brauchte eine neue Planung.

Er ging nicht sofort ins Haus, sondern macht einen Spaziergang, um nachdenken zu können. Als er sich plötzlich vor der Pforte des Friedhofs wiederfand, dachte er: Auch gut. Ich habe Mutters Grab lange nicht besucht.

Er polierte den schimmernden schwarzen Stein (abgebaut in einem regionalen Steinbruch), den die Mutter noch zu ihren Lebzeiten in Auftrag gegeben hatte. Sie war eine großartige Gärtnerin gewesen, und der Steinmetz hatte nach ihrer Zeichnung einen dichten Kranz von Blüten, Blättern und Beeren auf den Marmor übertragen.

Ruphin nahm sich Zeit und betrachtete das feine Relief. Er fuhr mit den Fingern die Formen nach und sprach leise ihre Namen. Nach dem fünften oder sechsten fiel ihm eine Gemeinsamkeit auf. Er machte weiter und überprüfte bei jeder neuen Form seine These. Schließlich war er mit dem Kranz durch und fand seine Gedanken bestätigt: Keine einzige ausländische Pflanze.

War das Zufall? Absicht? Konnte seine Mutter solchen Weitblick besessen haben? Als sie starb, hatte es mit des Königs merkwürdigen Verboten gerade erst angefangen. Aber sie war eine besondere Frau gewesen. Besonders aufmerksam und besonders planvoll.

Ruphin steckte sein Taschentuch wieder ein, trat einen Schritt zurück und sagte: „Danke, Mama. Ich gebe nicht auf. Mit deiner Hilfe werde ich es schaffen."

Wieder zu Hause, nunmehr allein in dem großen Haus, räumte er sich von Zimmer zu Zimmer und hatte schließlich einen ansehnlichen Stapel Bücher und Aufzeichnungen seiner Mutter zusammengetragen. Er ließ sich von der Haushälterin ein spätes Abendessen zubereiten und zog sich dann damit in sein Arbeitszimmer zurück. Die Nacht würde lang werden, aber das war ihm egal. Irgendwo in diesen Pergamenten war ein Schatz versteckt, und er musste ihn finden.

Das Krähen der Hähne (einheimische Rasse) vom Nachbarhof weckte Ruphin, er reckte die schmerzenden Glieder. Er war irgendwann zusammengesunken und am Schreibpult eingeschlafen. Doch es hatte sich gelohnt. Vor ihm lag eine Zeichnung, die für die Gärtnerei Appelbuhr die Rettung und neuen Aufschwung bedeuten konnte. Die anthurische Primbeere. In Anthurien leider ausgestorben, aber da gab es eine kleine Notiz, wo in der Nähe sie überlebt hatte und – hoffentlich – zu bekommen war.

Eine Stunde später saß er auf dem Pferd (einheimische Rasse) und ritt nach Süden.

In der Herberge „Zum Hirschen" kurz vor der Waldgrenze war immer Betrieb. Das ganze Jahr über logierten hier Gäste, die von der Hauptstadt Kemilands heraufgekommen waren oder die auf dem Weg dorthin waren. Die Zimmer waren gemütlich und preiswert, doch blieben die Gäste selten länger als zwei, drei Tage. Denn dreimal in der Woche wurde die Grenze geöffnet, und dann begab sich ein Tross von Wagen und Reitern unter starker Bewachung auf den langen Transitweg nach Kemion.

Für diejenigen, die am selben Tag aus Kemion eintrafen und nicht sofort weiterreisten, hielt die Herberge freie Zimmer zur Verfügung.

Oft genug jedoch warteten die Königlichen Inspektoren auf sie. Diese Sonderbeauftragten waren immer auf dem neuesten Stand und suchten stichprobenartig nach verbotenen Dingen (die vernichtet werden mussten, außerdem wurde eine Strafzahlung fällig). Das führte bisweilen zu bizarren Auseinandersetzungen, wenn die Verbote noch ganz neu waren, und mehr als einmal hatten Reisende sich deshalb zur Umkehr entschlossen und waren und lieber den langen Weg nach Kemiland zurückgefahren.

Doch Ruphin wollte nicht durch den Wald. Nachdem er sich in der Herberge ein Zimmer genommen und eine leichte Mahlzeit gegönnt hatte, ritt er weiter bis zum

Grenzposten. Der Wächter am Schlagbaum runzelte die Stirn und griff demonstrativ zu seinem Speer.

„Der heutige Treck ist durch, wir öffnen erst übermorgen wieder", erklärte er. Aus dem Wachhäuschen näherte sich ein weiterer Mann mit abweisender Miene.

„Ich habe nicht vor, da hineinzugehen", sagte Ruphin beschwichtigend, während er absaß und sein Pferd festband. „Ganz im Gegenteil, ich möchte, dass jemand zu mir herauskommt. Könnt Ihr mir sagen, ob ich hier eine Dame namens Kornela finden kann?"

Die Wächter sahen sich an, sahen Ruphin von oben bis unten an und fragten fast gleichzeitig: „Warum?"

„Oh, es geht um Pflanzen", beeilte Ruphin sich zu erklären. „Sie hat meiner Mutter einmal sehr geholfen, und ich erhoffe mir nun ihre Hilfe, da meine Mutter verstorben ist."

Die beiden berieten sich leise in ihrem karamanischen Dialekt, dann ging einer davon. Der andere sagte. „Wir geben ihr Bescheid. Wartet im ‚Hirschen' auf sie."

Gäste kamen und gingen. Ruphin mochte nicht im Gasthaus herumsitzen und ritt jeden Tag zur Waldgrenze. Als zwei Tage später wieder ein Treck hinter dem Schlagbaum verschwunden war, kam eine kleine Gestalt aus den grünen Schatten, tauchte mit einer geschmeidigen Bewegung unter dem grüngelb gestreiften Holz durch und wedelte die protestierenden Wächter mit einer Geste lässig beiseite. Sie steuerte geradewegs auf Ruphin zu, und er hatte Gelegenheit, die erste Karamana seines Lebens genauer zu studieren.

Sie war klein, ging ihm höchstens bis zur Schulter, die silbergesträhnten Haare waren fest geflochten. Sie trug bunte Kleidungsstücke aus Leder und Leinen übereinander und hatte ein Pony mitgebracht, das an Taschen und Beuteln schwer zu tragen hatte und hinter dem Schlagbaum auf sie wartete.

Ungewöhnlich waren ihre blauen Augen, sie machten ihren Blick auf eine beunruhigende Weise intensiv. Ihr Alter war schwer zu schätzen. Ruphin ordnete sie irgendwo jenseits des gebärfähigen Alters ein.

„Ich bin Kornela", erklärte sie. „Wer bist du und welche Art Hilfe brauchst du von mir?" Sie wirkte ein wenig herrisch und hielt sich nicht mit Höflichkeitsfloskeln auf. Also war sie wohl eine der Matriarchinnen und somit älter.

„Vielen Dank für Euer Erscheinen. Ich erhoffe mir Rat von Euch als Kräuter- und Pflanzenkundige. Vielleicht ist Euch meine Mutter noch in Erinnerung, Savena Appelbuhr. Als junge Frau war sie für kurze Zeit Eure Gehilfin."

Kornela besah sich ihr Gegenüber mit neuem Interesse. „So", brummte sie, „dann bist du also der kleine Ru. Ja, ich erinnere mich gut an Savena. Fleißiges, verständiges Mädel. Das war eine interessante Zeit mit ihr."

Ruphin schilderte sein Problem und welche Lösung dafür er herausgefunden hatte und endete mit der Frage: „Gibt es irgendwo im Wald einen Bestand an Primbeeren, um daraus neue Schösslinge zu ziehen? Ich bin gern bereit, einiges dafür zu bezahlen."

„Pah", Kornela winkte ab. „Was soll ich mit Geld? Wir werden uns schon einigen. Primbeeren willst du? Dann sei übermorgen eine Stunde vor Sonnenaufgang an der Waldgrenze südlich von Tengrau, wir gehen welche holen. Nein, besser – du gehst sie holen, und ich versorge später deine Wunden. Du hast ein Pferd? Gut, denn es ist weit von hier. Zieh dir vor allem stabile Sachen an, und bring Handschuhe mit."

Sie schickte ein aufmunterndes Lächeln hinterher, drehte sich um und war mit ihrem Pony bald zwischen den Bäumen verschwunden. Ruphin grübelte über ihre Worte nach. Warum stabile Sachen? Und Wunden versorgen? Wie es aussah, war die Suche nach den Primbeeren nicht ganz ungefährlich.

Kornela wartete im Schein einer Laterne am Waldrand, neben sich ein größeres Reitpony. Sie besah sich Ruphins Aufmachung und brummte zufrieden. Er hatte allerlei Stabiles zusammengeborgt und hoffte, dass es so ausreichen würde. Einige Teile mochten übertrieben wirken, aber sicher erfüllten sie später ihren Zweck.

Die dicke Lederkappe setzte Ruphin wieder ab, sie war zu groß und rutschte immer auf die Augenbrauen. Kornela nickte Zustimmung, und dann brachen sie auf.

Sie ritten durch den erwachenden Wald, und Ruphins Herz sang mit den Vögeln um die Wette. Wie sehr hätte er dies genießen können, ginge es nicht um die weitere Existenz seiner Gärtnerei.

Nach einem endlos scheinenden Ritt erreichten sie offenes, von Felsbrocken durchsetztes Gelände. Hier wuchs dichtes Buschwerk auf dem kargen Boden, sie kamen nur langsam vorwärts. Dann ging es leicht bergab, und die Vegetation wurde grüner und dichter.

Bei einer Ansammlung von großen Steinen hielt Kornela an. Sie horchte in die Landschaft vor ihnen, doch außer Insektengeräuschen war es völlig still.

„Ab hier gehst du allein weiter", sagte sie und hielt Ruphin einen mahnenden Zeigefinger vor die Nase. „Die letzten Primbeeren wachsen dort unten, und die schönsten ganz dicht an der Kante. Es gibt sie dort deshalb noch, weil sie Wächter haben. Diese Wächter ernähren sich unter anderem von den kleinen Tieren, die gern an den Primbeeren naschen. Aber sie können auch für Menschen zur Gefahr werden. Kennst du Steingreife?"

Ruphin riss die Augen auf. An diese Vögel hatte er eine unschöne Erinnerung aus einer Wanderung in den Kandelbergen. Sie sahen aus wie eine Kreuzung aus Staubwedel und Fleischermesser und griffen alles an, was in die Nähe ihrer Nester kam. Mit ihren Schnäbeln und Krallen verursachten sie Wunden, die sich leicht entzündeten und zum Tode führen konnten, wenn man sie nicht sofort behandelte.

„Im Winter hättest du bessere Chancen", räumte Kornela ein. „Dann brüten sie nicht und sind weniger aggressiv. Aber dann gibt es hier andere Gefahren, und die würdest du genauso wenig mögen."

Während Ruphin seine Schutzkleidung festzurrte, gingen ihm Erzählungen durch den Kopf, in denen von geheimnisvollen Tatzenspuren im Schnee die Rede war. Dann versuchte er die Erinnerung an den verletzten Wanderer zu verdrängen, den sie damals aus einer Schlucht gezogen hatten. Dieser war hineingefallen, als er einer Greifenattacke ausweichen wollte, und dabei hatte er sich den Arm gebrochen. Die Unterarme waren halb zerfetzt, weil er sie zum Schutz über den Kopf erhoben hatte.

Hoffentlich hatte er selbst sich heute besser vorbereitet.

Kornelas Ermahnungen im Sinn, schlich Ruphin vorwärts, hielt sich hinter Büschen verborgen und schielte immer wieder zum Himmel hinauf, ob die ersten Steingreife ihre morgendliche Patrouille flogen. Die Senke weitete sich zu einem grünen Rund, in dessen Mitte ein großes Loch klaffte, vermutlich eine eingestürzte Höhlendecke. Dort drin, im zerklüfteten oberen Bereich, nisteten die

Greife. Jetzt waren ihre kreischenden Stimmen zu hören, und ein beißender Geruch wehte herüber.

Ruphin sah sich um. Musste er wirklich so nah heran? Gab es vielleicht hier Primbeerensträucher in erreichbarer Nähe?

Er entdeckte eine kleine Ansammlung neben einem Häuflein weißer Dinge, die sich bei näherem Hinsehen als Tierknochen entpuppten. Diese kleinen Gourmets hatten ihre Mahlzeit mit dem Leben bezahlt. Ein kritischer Blick offenbarte, dass das üppige Grün hier an vielen Stellen von Weiß durchbrochen war. Nun, seine Knochen sollten hier nicht zu liegen kommen.

Lautlos griff er nach seinem kleinen scharfen Stecklingsmesser und robbte weiter. Es ließ sich nicht vermeiden, dass die Knöchelchen unter ihm zerknackten.

Mit einem schrillen Schrei fuhren gleich mehrere Steingreife aus dem felsigen Krater auf. Ruphin verharrte regungslos. Die Greife, auf Bewegung ihrer Beute angewiesen, um sie auszumachen, kreisten eine Weile und beruhigten sich dann wieder. Sie kehrten zu ihrer unterbrochenen Morgentoilette (oder womit immer sich Steingreife um diese Zeit beschäftigten) in ihre Nester zurück, allerdings blieb der Geräuschpegel hoch.

Mit kleinsten Bewegungen schob Ruphin sich näher an die Beerensträucher heran und schaffte es, einige Zweiglein abzuschneiden und in seinem Rucksack zu verstauen.

Genügte das für sein Vorhaben? Oder sollte er es riskieren und weiter zum Abbruchrand kriechen, wo einige kräftigere Büsche wuchsen?

Die Entscheidung dafür oder dagegen wurde jäh beschleunigt, als es oben am Hang gegenüber vernehmlich knackte. Sofort stob eine Wolke von angriffslustigen Greifen empor. Ruphin duckte sich wieder in Bewegungslosigkeit, doch hatte er kurz den Störenfried erkannt. Es war ein Bär, der den Schwarm erneut aufgescheucht hatte. Gerade richtete er sich auf und schlug um sich, das dicke Fell bot einen gewissen Schutz. Aber was tat er jetzt? Anstatt sich zu trollen und im Wald zu verschwinden, schlenderte der Bär näher. Vielleicht hoffte er auf leicht zu erreichende Eier oder Küken – jedenfalls sorgte er für höchste Aufregung.

Ruphin versuchte erst rückwärts und aufwärts zu krabbeln, aber das führte zu nichts. Er musst hier weg, der Bär kam immer näher. Im Moment waren die Steingreife ganz auf ihn konzentriert, aber das konnte sich schnell ändern. Mit einem entschlossenen Ruck riss Ruphin im Aufstehen ein paar Schösslinge aus dem Boden und rannte los. Er kämpfte sich hoch bis zum Rand und konnte von da aus schneller laufen.

Die Greife erreichten ihn. Ein Stoß in den Rücken brachte ihn aus dem Tritt, beinahe wäre er gestolpert. Nur nicht hinfallen, immer weiter, stur bis zu den Felsen, dachte er und biss die Zähne zusammen. Einer krallte sich an seiner Schulter fest, der gebogene Schnabel hackte auf den Rand der Lederkappe. Hätte Ruphin nicht blitzschnell den Kopf weggedreht, wäre sein linkes Auge getroffen worden.

Ein verzweifelter Spurt brachte ihn bis zu einem dichten Gebüsch, in das er hineinhechtete und den Vogel auf seiner Schulter abstreifte. Dieser flatterte einem Moment kreischend über dem Gebüsch, kam aber an Ruphin nicht heran. Schließlich schoss er zurück zur Senke, wo seine Artgenossen den Bären bekämpften. Das war wichtiger.

Die Steine, wo Kornela mit den Pferden wartete, waren in Sichtweite. Ruphin vergewisserte sich, dass er kein Angriffsziel mehr war und humpelte weiter. Er hoffte, dass seine Ausbeute diese ganze Aufregung wert war.

„Mutig, mutig", brummte Kornela, während sie mit Salben und Verbänden hantierte. „Jetzt kehre nach Hause zurück, kümmere dich um die Pflänzchen und ruh dich aus. Dies ist mein Preis: Von deiner ersten Ernte will ich einen Anteil, auch wenn es bis dahin eine Weile dauern wird. Aber ich weiß, dass du Erfolg haben wirst".

Sie brachte ihn zurück bis zur Waldgrenze, und Ruphin hätte sich in Tengrau gern eine kurze Pause und eine Mahlzeit gegönnt. Doch er wollte den Leuten nicht sein zerschlagenes Aussehen erklären müssen, also lenkte er sein Pferd direkt auf den langen Weg nach Hause.

Es war wichtig, dass er aus den gewonnenen Stecklingen jetzt so viele fruchttragende Sträucher wie möglich zog, und das wiederum so schnell es ging. Ohne magische Hilfe würde das nicht gelingen. Aber er hatte schon eine Idee. Sein Schulfreund Ossen war Gehilfe bei Meister Klebsam und schuldete ihm einen Gefallen.

Spätsommer, ein Jahr später. In der Zwischenzeit hatte es weitere Verbote gegeben, und die Anthurier waren in ihrem Einfallsreichtum weiterhin herausgefordert. Ruphin schmückte den kleinen Verkaufsraum seiner Gärtnerei mit intensivroten Bändern und Schleifen (mit Krapp gefärbt, da Zinnoberpigment inzwischen auf die Verbotsliste gesetzt worden war), rückte die Töpfe und Vasen zurecht (aus einer Beerdorfer Töpferei) und prüfte zum xten Mal, ob das gerahmte Zertifikat gerade hing.

Dies war es, worauf er hingearbeitet hatte. Vor drei Tagen war der Bote damit gekommen. Der König hatte nicht nur die anthurische Echtheit der Primbeeren bestätigt, sondern darüber hinaus ein besonderes Lob für ihren guten Geschmack und die vielseitige Verwendung formuliert (dem Antrag hatte Ruphin ausreichend Früchte, Saft, Marmelade und Kuchen daraus beigefügt).

Noch mehr freute er sich über den Brief, der in der Brusttasche seiner Gärtnerschürze steckte. Sie waren auf dem Weg zurück, sein Vater und Kurim samt Frau und Kindern, und sie brachten Lenya Hederlind mit, die gern die (anthurische) Kunst des Blumensteckens erlernen und in der Gärtnerei mitarbeiten wollte.

Mochte König Zachelias der Achte noch so konfuse Verbote für Pflanzen erlassen, Ruphin würde in Mutters reichem Wissensschatz immer einen Ausweg finden. Und solange Kornela bereit war, ihm zu helfen und als Preis weiterhin nur Kostproben seiner gärtnerischen Künste forderte, würde die Appelbuhr'sche Gärtnerei weiterbestehen.

Die Suche nach dem Oromander

Wie wird man zum Drachenflüsterer? Das gibt es nicht als Lehrberuf, und es hat nichts mit Magie zu tun. Wenn zur richtigen Zeit ein entsprechend begabter Mensch mit einem besonders sensiblen Drachen zusammentrifft, kann das für beide der Anfang eines neuen Lebens sein.

Diesen Morgen hätte Diffusius gern wie jeden anderen verbracht: Frühstück mit Ausblick von der kleinen Veranda, danach eine erfrischende Waschung unter dem Mini-Wasserfall, zu dessen Entstehen er eigens einen Bergbach umgeleitet hatte. Im Anschluss daran hätte er vielleicht ein wenig Holz gehackt oder Brotteig angesetzt. Sein Leben war beschaulich hier oben an der Sterkenalm – bis heute.

„Wie weit entfernt ist er noch?" fragte er Yorgen Pem, den Boten, der mit betretener Miene vor ihm stand und sich ganz als Überbringer von schlechten Neuigkeiten sah.

„Herr, bestimmt eine Strecke von mehreren Stunden. Er scheint es nicht eilig zu haben und behält seine Wache eng um sich. Außerdem glaube ich nicht, dass sie die Abkürzung hierher kennen, denn sie kommen den Schlangenweg herauf. Aber dass es um Euch geht, weiß ich sicher, denn ich habe ihn in der Herberge mehrmals Euren Namen nennen gehört."

„Natürlich will er zu mir", seufzte Diffusius. „Was sollte mein sauberer Vetter außerhalb seines Palastes sonst auch tun, außer mich sogar von diesem letzten Fleckchen zu verjagen? Alleinerbe möchte er sein, da bin ich natürlich im Weg. Selbst wenn es nur um eine kleine Berghütte geht, an die er normalerweise nicht einen Gedanken verschwenden würde. Nun gut ..."

Er sah, dass Pem an seiner Tasche herumfingerte.

„Habt Ihr sonst noch eine Nachricht für mich?"

„Da ist ein Brief, Herr, und er kommt einen weiten Weg her. Ich wünsche Euch Glück, möge Dandess Euch beschützen."

Diffusius wartete, bis Pem auf seinem Esel saß und auf den Pfad einbog, der ihn auf direktem Weg ins Tal brachte. Vielleicht sollte er Raffkes Besuch gar nicht abwarten, sondern sein Bündel packen und dem Boten folgen. Andererseits ... dies war seine Hütte, sein rechtmäßiges Erbe oder wenigstens der letzte Rest davon. Alles andere hatte Raffke an sich gerissen. Er konnte doch nicht ernsthaft dieses entlegene, schlichte Häuschen haben wollen? Doch, das konnte er. Diffusius rief sich in Erinnerung, welche Intrigen und direkte Anschläge auf sein Leben er in Schloss Starkroth nur um Haaresbreite überstanden hatte.

Der Brief knisterte, als Diffusius verärgert die Fäuste ballte. Wer war denn der Absender? Ein Professor Wadislav aus Grétana – ja, der Name war ihm ein Begriff. Mehrere seiner Bücher standen in der starkrothschen Bibliothek. Neugierig brach er das Siegel auf und las:

Mein verehrter Herr von Styrum,

im fortgeschrittenen Alter macht man sich Gedanken über den Verbleib seiner Besitztümer, so auch ich. Für eines meiner außerordentlich wertvollen Artefakte seid Ihr der rechte Mann, das weiß ich. Doch möchte ich es weder verschenken noch verkaufen. Ihr sollt es im Tausch gegen etwas, das ich selbst nicht beschaffen kann, erwerben.

Dies ist mein Wunsch: Geht ins Hochland von Minereich, in die Grauen Schluchten. Sucht dort nach dem Oromander und bringt mir eine Feder.

Das Unterfangen ist nicht direkt gefährlich, für mich aber auf jeden Fall zu beschwerlich. Wenn ich bis zur kommenden Sommersonnenwende Euch nicht bei mir begrüßen darf, muss ich mir leider jemand anderen suchen.

Doch Ihr seid meine erste Wahl, und ich bin überzeugt, dass Ihr erfolgreich sein werdet.

Mögen wir uns bald in Grétana begegnen!

Hochachtungsvoll

Professor Juri Wadislav

Diffusius ließ das Pergament sinken und starrte ins Leere. Minereich, das war Drachenland. Und in der Region, die als Graue Schluchten bekannt war, lebten mehrere Arten, darunter der befiederte Oromander.

In seinem bisherigen Leben hatte Diffusius etliche Begegnungen mit Drachen gehabt, sie beobachtet und viel über sie gelernt. Sie faszinierten ihn wie nichts anderes auf der Welt. Vom Oromander wusste er: Man konnte keine Federn von ihm bekommen. Jede Feder, die den Drachenkörper verließ, vertrocknete und verdarb innerhalb weniger Stunden. Bisher war es niemandem gelungen, sie zu konservieren. Egal, was man damit anstellte, immer blieben davon nur ein paar glitzernde Brösel übrig.

Eine Aufgabe, der er, Diffusius, sich gern stellen wollte. Und mit diesem Ziel vor Augen war es leicht, sich für einen sofortigen Reiseantritt zu entscheiden. Er suchte nur ein paar Dinge zusammen, um mit kleinem Gepäck beweglicher zu sein, löschte das Feuer und schloss die Fensterläden.

Wenn Raffke hier eintraf, wollte er schon weit weg sein.

Zu Fuß hätte Diffusius für die Strecke Sterkenalm – Graue Schluchten mehrere Wochen gebraucht, aber am Abend seines ersten Wandertages traf er auf eine Gruppe von Handelsreisenden. Sie waren wie er nach Minereich unterwegs und hatten auf einer Wiese ihr Lager aufgeschlagen. Einer von ihnen hatte einen kleinen bronzefarbenen Drachen auf der Schulter sitzen. Diffusius war sofort ganz begeistert von dem Schuppentier und sprach den Mann an.

„Ein seltenes Haustier habt Ihr da, mein Herr."

„Selten? Oh nein – jedenfalls nicht drüben in Minereich. Dort habe ich ihn bei unserer letzten Reise gekauft. Von

Berufs wegen, sozusagen. Gestatten: Sander Stechpalm, ich handle mit luxuriösem Zubehör für Hausdrachen."

Diffusius hob die Hand, um die kleine Echse zu streicheln, doch Stechpalm wich zurück.

„Lieber nicht, er könnte Euch beißen. Leider habe ich bisher kein Geschick darin bewiesen, ihn zu erziehen."

„Wie heißt er denn?"

„Der hat keinen Namen. Echsen sind doch so gut wie taub, wozu also sollte ein Name gut sein?"

Zwar lächelte Diffusius, doch innerlich schüttelte er den Kopf und dachte: Welch ein Ignorant. Verkauft für teures Geld so unnützes Zeug wie edelsteinbesetzte Halsbänder, versteht aber nicht ein bisschen von den Wesen, die sie tragen sollen!

Laut sagte er: „Ich habe ein gutes Händchen für Tiere, ich würde gern versuchen, ob ich ihm Manieren beibringen kann."

„Warum nicht?" Stechpalm öffnete die Arme zu einer einladenden Geste. „Dann esst mit uns zu Abend und schaut, ob Ihr mit dem Kleinen zurechtkommt."

Beim Essen hielt Diffusius sich zurück, erzählte nicht viel über sich und mied allzu hellen Lichtschein. Falls Raffke ihn hartnäckig verfolgte, konnte er ihn hier immer noch einholen. Danach schnitt er ein Stück Fleisch in winzige Teile und ging mit dem Drachen beiseite, während die Händler am Feuer sitzen blieben und sich unterhielten.

„He, Stechpalm, was macht er da?" rief der Buchhändler Thiemes über die Flammen hinweg seinem Gegenüber zu.

„Er meinte, er könne den Drachen dressieren und ihm das Beißen abgewöhnen."

„Ach ja? Das wäre ja ein Wunder. Diese kleine Bestie hat sicher mehr Finger auf dem Gewissen als ich Haare auf dem Kopf habe". Er schüttelte demonstrativ seine dichten Locken.

„Ein Versuch kann nicht schaden, Thiemes. Und wenn er doch beißt, dann jetzt zumindest nicht in meine Hand."

Nach einer Weile trat Diffusius in den Lichtschein, den Drachen auf einer Hand balancierend.

„Er hat ein ausgezeichnetes Gehör und heißt jetzt Ilex. Von jetzt an weiß er sich zu benehmen. Ilex, auf!"

Sofort hockte die Echse sich auf die Hinterbeine und streckte die Vorderpfoten in die Luft. Ein intelligent scheinender Blick glitt über die staunenden Händler und blieb an Herrn Stechpalm hängen.

Der sprang auf wie elektrisiert.

„Das ist großartig! Die minestischen Damen werden entzückt sein! Meine Umsätze werden sich verdreifachen! Herr Diffusius, Ihr seid ein Könner! Ein wahrer Drachenflüsterer!"

„Ich könnte Ilex allerlei nützliche Dinge beibringen, aber das bräuchte seine Zeit, und Ihr wollt ja weiter", sagte Diffusius bedauernd.

„Ach, Unsinn", winkte Stechpalm ab und vergewisserte sich mit einem kurzen Blick in die Runde der Zustimmung seiner Mitreisenden. „Reist mit uns, wenn Euer Ziel in derselben Richtung liegt. Für die Unterrichtsstunden in Drachen-Etikette habt Ihr bei mir freie Kost und Unterkunft. Einverstanden?"

Darüber musste Diffusius nicht zweimal nachdenken. Er war froh, dass die Grauen Schluchten für ihn auf diese

Weise schneller in erreichbare Nähe rückten. Bis zur Wintersonnenwende dauerte es zwar noch lange, aber er wusste ja nicht, was alles auf ihn zukommen mochte.

Bis sie zur ersten großen Stadt in Minereich gelangten, hatte Diffusius den kleinen Ilex in ein folgsames Schoßtierchen verwandelt. Herr Stechpalm nahm sich seine Ratschläge zu Herzen und freundete sich mit Ilex ganz neu an. Als sie auf dem Markt von Khort-Amin ihre Waren feilboten, saß der Drache als lebendes Ausstellungsstück auf Stechpalms Schulter und trug jede Stunde ein anderes Halsband.

Und wie vorausgesagt konnten sich die Minestierinnen an dem hübschen Kleinen nicht sattsehen, und sie kauften, kauften, kauften …

Am nächsten Morgen brachte die erste Kundin ihren eigenen zahmen Drachen mit und erkundigte sich schüchtern, ob „der werte Herr Drachenflüsterer" ihr helfen könne. Kurz vor der Mittagszeit warteten zwei weitere Damen auf Unterweisung im Drachen-Erziehen, und so ging es weiter …

Die Händler blieben eine Woche, dann zogen sie weiter zur nächsten großen Stadt. Hier war Diffusius' Ruf schon vorausgeeilt, er wurde von mehreren Familien und deren Problem-Hausdrachen erwartet. Sander Stechpalms Geschäfte gingen so gut, dass er einen Eilboten nach Hause schickte und Nachschub anforderte, sonst hätte er auf ihrem dritten Markt nichts mehr zu verkaufen.

Die dritte Stadt lag an einer Wegkreuzung. Von hier aus wollte Diffusius allein weiterreisen. Er genoss ein letztes Mal die volle Aufmerksamkeit der minestischen Drachenbesitzer sowie den Luxus vorzüglicher Mahlzeiten und eines bequemen Schlaflagers, dann verabschiedete er sich.

Stechpalm schenkte ihm als Andenken eine Kette mit einem Anhänger in Drachenform.

„Sollte es Euch je langweilig werden, Herr Diffusius, kommt wieder mit mir auf Verkaufsfahrt. Für Euch habe ich immer einen Platz in meinem Wagen frei", sagte Stechpalm mit ehrlicher Wärme. Die anderen Händler pflichteten ihm bei, er sei auch ihnen jederzeit willkommen.

Der Weg zu den Grauen Schluchten verlief ereignislos. Nur selten kam es zu Begegnungen mit anderen Menschen, die Leute hier waren distanzierter als die in den Städten. Es ging stetig bergauf, und schließlich endete der Weg vor einer Hängebrücke, die die erste der Schluchten überspannte. Er befand sich hier am Rand eines weiten Plateaus, das durch ein Netz von Rissen, Spalten und ausgewaschenen Flusstälern in Tausende von Inseln gespalten schien. Menschen lebten hier nicht mehr, zu beschwerlich war es, alles über die Hängebrücken transportieren zu müssen.

Ruinen zeugten davon, dass eine alte Kultur sich einst dieser Herausforderung gestellt hatte. Sie hatten all die Brücken gebaut, die selbst nach Jahrhunderten noch stabil waren. Und doch waren die Menschen eines Tages in die Ebenen gezogen und hatten ihr hochgelegenes Reich verlassen.

Seinen ersten Abend in den Grauen Schluchten beziehungsweise oberhalb davon verbrachte Diffusius in einem ehemaligen Tempelbezirk. Zwar hatte keines der Gebäude ein Dach, aber die Nacht war angenehm und sternenklar. Außerdem gab es eine Quelle unterhalb eines zerstörten Altars.

Er stocherte müßig in seinem kleinen Lagerfeuer und dachte über Drachen allgemein und Oromander im Besonderen nach. Wie sollte er weiter vorgehen? Woran hatten die Federsucher vor ihm nicht gedacht oder welchen Trick nicht probiert, womit er aber Erfolg haben könnte?

Ein Geräusch riss Diffusius aus seinen Gedanken, vage Besorgnis regte sich. Wie sicher war er hier? Im Geiste ging er die hier vorkommenden Drachenarten durch – konnte ihm eine davon gefährlich werden? Er entsann sich einer räuberisch lebenden Art, auf die er tatsächlich achtgeben sollte. Der Große Krallfuß verschlief den Tag in einer Höhle in der Schlucht, kam aber nachts zur Beutesuche aufs Plateau herauf. Etwa so groß wie ein Pony und sehr beweglich, konnte er für einen einsamen Wanderer zum Problem werden.

Das Geräusch kam näher. Diffusius sah sich um, ob er etwas in seiner Reichweite zur Waffe umfunktionieren konnte, doch leider ...

Ein Kopf lugte um die Ecke, dann ein zweiter. Mit leisem, aufgeregtem Keckern schob sich ein dritter dazwischen. Und weitere kamen hinzu. Sieben Augenpaare starrten von den Eingangsstufen her zu Diffusius und seinem Feuerchen.

Er wagte kaum zu atmen. Das war eine Gruppe von Dornrücken – harmlosen Pflanzenfressern – in deren Nähe sich der Oromander gern aufhielt. Er musste sie im Auge behalten, und früher oder später würde er dem Gefiederten begegnen.

Die folgenden Tage verliefen interessant, aber ohne greifbares Ergebnis. Diffusius folgte den Dornrücken in einigem Abstand, doch in der buschigen Vegetation verlor er sie oft aus dem Blick. Einmal glaubte er einen schimmernden Körper zwischen ihren graugrünen Leibern zu sehen, aber als er näher heranging, lief das unbekannte Tier raschelnd davon.

Dann fand er die Feder. Er wusste sofort, dass es genau dies war, wonach Professor Wadislav ihn suchen ließ. Das war die Schmuckfeder vom Kopf eines Oromanders, knapp so lang wie sein Unterarm, goldglänzend und mit zarten Sprenkeln am gefransten Ende.

Der Drache musste sie gerade erst verloren haben, denn sie war noch völlig intakt. Diffusius besah sich alles ganz genau, zeichnete sie ab, vermaß sie und grübelte erneut darüber, wie er dieses rare Stück konservieren konnte. Doch ihm fiel nichts ein.

Am selben Abend war die Feder vertrocknet und zerfiel zu Staub, als Diffusius sie leicht anpustete. Nun saß er wieder mit leeren Händen da.

Er streifte weiter über das Plateau, studierte die Spuren der Drachen und folgte denen, die er für solche vom Oromander hielt. Der Fund einer weiteren Feder – zwar kleiner, aber nichtsdestotrotz die Erfüllung seiner Aufgabe – brachte ihn schier zur Verzweiflung. Es musste doch eine Lösung geben!

Am späten Nachmittag setzte Diffusius sich an den Rand einer Schlucht und sah der sinkenden Sonne zu. Wie lange sollte er hier weiter Zeit zubringen, bis er sich am Ende doch eingestehen musste, dass der Professor seine Fähigkeiten überschätzt hatte?

Der Sonnenuntergang malte intensive Farbtöne an den glühenden Himmel, tief indigoblaue Schatten krochen an den Schluchten empor.

Diffusius hörte ein Knistern und Knacken zu seinen Füßen und beugte sich vor. Die Krallfüße verließen ihre Höhlen und begannen mit dem Aufstieg. Zeit, dass er sich nach einem sicheren Platz für die Nacht umsah.

Ein kehliger Schrei zog seine Aufmerksamkeit zur Seite. Auf einem Felsvorsprung hockte ein helles Wesen, merkwürdig verrenkt und von zwei Krallfüßen belauert.

Diffusius kniff die Augen zusammen. Sie hatten einen Oromander gestellt. Vielleicht war er abgestürzt, oder sie hatten ihn verletzt, denn offensichtlich ging es ihm nicht gut. Dieser dunkle Fleck am Hals, das war bestimmt Blut.

Ohne weiter nachzudenken, griff Diffusius nach ein paar handlichen Steinen und warf sie auf die Krallfüße. Diese fauchten wütend, traten dann aber den Rückzug an und gesellten sich zu ihren Artgenossen.

Es wurde jetzt schnell dunkel. Diffusius musste sich beeilen. Er kletterte zu der verletzten Echse hinunter, hockte sich hin und versuchte sie dazu zu bewegen, von dem Vorsprung herunterzukommen.

Dies war also ein Oromander. Diffusius kannte ihn nur von Bildern. Ein unerfahrenes Jungtier, vermutete er, kaum größer als ein Zicklein, dazu mager. Sicher hatte er Schmerzen. Die Vorderbeine mit der dichten Befiederung hingen schlaff herunter, wahrscheinlich gebrochen. Die langen Kopffedern waren zerknickt, Blut sickerte aus einer Wunde am Hals.

Der Drache erhob sich auf die kräftigen Hinterbeine und tappte ein paar zögerliche Schritte auf Diffusius zu. Er ließ es zu, dass dieser ihn hochnahm und in sein Hemd wickelte, das er zu einer Tragetasche formte. Dann drehte Diffusius sich vorsichtig um und kletterte wieder nach oben. Er musste aufpassen, denn es mochten weitere

Krallfüße in der Nähe sein. Außerdem konnte er kaum sehen, wo er hintrat und musste das Gewicht des Oromanders ausbalancieren.

Mit letzter Kraft oben angekommen, prüfte Diffusius anhand ihrer Spuren, in welche Richtung die Krallfüße gewandert waren und schlug dann die entgegengesetzte ein. In großem Bogen kehrte er zurück zu den Resten einer Wehranlage, ein Turm bot zwei unversehrte Stockwerke. Dort war ein sicherer Platz, denn für Krallfüße war es darin zu eng. Jetzt konnte er in Ruhe schauen, wie seinem Schützling zu helfen war.

Ein kleines Feuerchen reichte aus, um eine erste Versorgung vorzunehmen. Die Wunde am Hals säubern und verbinden, die Vorderbeine richten und schienen, eine allgemeine Kontrolle – der junge Drache ließ alles mit sich geschehen. Diffusius sprach fortwährend mit ruhiger Stimme auf ihn ein, bis die ängstlichen, großen Augen sich müde schlossen und der Körper sich entspannte.

Vor dem verlöschenden Feuer saß Diffusius noch eine Weile, den kleinen Patienten eingerollt auf den Knien liegend, und überdachte seine Möglichkeiten. Eigentlich gab es für ihn nur die eine.-

In seinem Studierzimmer saß Professor Wadislav am großen Nordfenster und hakte Notizen auf einer langen Liste ab. Heute war Mittsommertag, und bisher hatte er die meisten seiner wegzugebenden Sammlerstücke ihren neuen Eigentümern überreichen können. Die Frist für einen, auf den er besonders neugierig war, lief heute ab. Er war ein wenig enttäuscht, dass er außer einer kurzen Nachricht, der Mann habe sich auf den Weg gemacht, nichts Weiteres erfahren hatte. Sollte also bis zur Mitternachtsstunde Selbiger hier nicht erschienen sein (natürlich mit erfüllter Aufgabe), so musste er einen neuen Anwärter dafür finden.

Doch ihm fiel keiner ein.

Professor Wadislav stand auf und ging zum Fenster, legte die Hände auf den Rücken und starrte hinunter auf die bunten Dächer des Städtchens Grétana.

Das Geräusch an der Tür überhörte er beinahe.

„Stell es auf den Tisch und bring dazu etwas Obst", sagte er und drehte kaum den Kopf dabei.

„Damit kann ich leider nicht dienen", antwortete eine fremde Stimme.

Der Professor fuhr herum. Das war nicht sein Diener Krios mit dem Frühstück. Der Fremde, hochgewachsen und gut gekleidet, das lange blonde Haar zusammengebunden, lächelte ihn an.

„Ihr erwartet mich hoffentlich noch, Herr Professor, obschon ich erst heute zum allerletzten Zeitpunkt hier ankomme."

Der Professor atmete erleichtert aus.

„Ihr müsst Herr von Styrum sein, vergebt einem alten Mann. Ohne Frühstück denkt es sich schlecht. Krios, ein zweites Gedeck! Setzt Euch doch, mein Bester."

Vor der Tür waren Geräusche zu hören. Herr von Styrum öffnete sie langsam und sagte: „Gern, doch erst das Wesentliche. Professor, Ihr wolltet von mir die Feder eines Oromanders. Ich bringe Euch hier nicht nur eine, sondern viele. Und verzeiht bitte, dass ich den Oromander drangelassen habe."

In der offenen Tür präsentierte sich ein goldschimmernder Drache, fest auf zwei beschuppten Beinen stehend, die Vorderbeine mit den schönen Federn angelegt.

Er sah den Professor prüfend an und richtete den Blick dann auf seine Hände.

„Hier, gebt ihm das."

Der Professor hatte sowieso weiche Knie bekommen, er hockte sich hin und bot dem Drachen die tote Maus an. Der kam näher, fixierte den Mann wieder und nahm dann ganz gesittet die dargebotene Gabe.

„Normalerweise fressen sie Insekten, Würmer und so. Mäuse eher selten", ließ sich des Professors Gast jetzt vernehmen. „Ich habe Euch alles aufgeschrieben, da Ihr von nun an sein Versorger seid."

Diffusius lehnte sich zurück und beobachtete zufrieden, wie Mensch und Jungdrache sich anfreundeten. Mithilfe seiner Händler-Freunde war es ihm gelungen, den Rückweg bequem und schnell zu bewältigen (und nebenbei hatten Herrn Stechpalms Verkaufszahlen eine neue Rekordhöhe erreicht). Nun war er gespannt darauf, welches „außerordentlich wertvolle Artefakt" der Professor ihm zugedacht hatte.

Nach dem Frühstück spazierten sie durch den großen Garten.

„Ich habe ihn Fedoro genannt – Ihr könnt den Namen natürlich ändern – er ist sehr folgsam. In der freien Natur überleben könnte er nicht mehr, vermute ich. Die Brüche sind gut verheilt, wie Ihr sehen könnt. Allerdings wohl nicht stark genug, um den Krallfüßen auf Dauer zu entkommen."

Sie betrachteten den Goldenen, wie er keckernd und mit aufgesperrtem Maul, die kleinen Insektenfresserzähne entblößt, hinter der Hofkatze herrannte.

„Die werden bestimmt gute Freunde", bemerkte Professor Wadislav. „Er wird für Mischek nichts als ein großes Huhn sein, und mit dem Federvieh kuschelt der Kater immer gern. Herr von Styrum", er räusperte sich, seine Stimme nahm einen offizielleren Klang an, „Ihr habt die Euch gestellt Aufgabe erfüllt und einem alten Mann eine große Freude bereitet. Also darf ich Euch nun übergeben, was wie für Euch gemacht ist und darum von nun an Euch gehören soll."

Sie betraten das Haus durch einen Nebeneingang und gelangten in die Räume, die des Professors Sammlung beherbergt hatten. Die meisten waren mittlerweile leer, nur in dem einen oder anderen Regal lag ein beschriftetes Paket mit geheimnisvollem Inhalt.

Der Professor schloss einen Wandschrank auf und griff in seine dunklen Tiefen. Es raschelte leise. Mit einem theatralischen Schwung kam seine Hand wieder zum Vorschein, und sie hielt einen Umhang.

Diffusius fühlte sein Herz einen Schlag aussetzen. Er wusste sofort, worum es sich handelte. Andächtig nahm er die vielfarbige Kostbarkeit an sich und legte sie über seine Schultern. Das weiche Innenfutter schmiegte sich wärmend an ihn, die mit einem Kristall besetzte Schließe funkelte.

„Angeblich stammen diese Schuppen von allen auf der Welt vorkommenden Drachen", bahnte sich des Professors Stimme einen Weg in Diffusius' Bewusstsein. „Das mag stimmen oder nicht, jedenfalls ist dieser Umhang ein Einzelstück und sollte von Euch getragen werden, da Ihr ein wahrer Drachenkenner seid."

Diffusius fürchtete, dass das irre Grinsen in seinem Gesicht für immer festgefroren sei und stammelte Worte des Dankes.

Das Sonnenwendfest war in Grétana eine große Sache, und Diffusius nahm die Einladung des Professors gern an. In den frühen Morgenstunden des neuen Tages saßen sie am Kamin, jeder mit einem Becher des hiesigen Biers in der Hand. Diffusius prostete seinem Gegenüber zu: „Ihr kennt also jetzt die ganze Geschichte, und morgen – oder eher heute – verlasse ich Euch mit dem guten Gefühl, dass Ihr noch viele Jahre in goldener Drachengesellschaft lebt. Auf Euer und Fedoros Wohl!"

Er strich mit einer Hand über die Schuppen, die, der Größe nach angeordnet, kunstvoll auf den Umhang appliziert waren. Alle Drachen dieser Welt? Eine kühne Behauptung, die er nachzuprüfen gedachte. Diffusius' Mundwinkel wuchsen Richtung Ohrläppchen. Genau! Morgen würde er sich auf den Weg machen und Sander Stechpalm aufsuchen.

Fisch gestrichen

In Corlan sagt man „Hol's der Neck", er kommt in mehreren Redewendungen vor. Aber wer oder was ist ein Neck? Nur eine Figur, mit der man Kinder erschreckt, oder existiert er wirklich?

Die folgende Geschichte gibt Auskunft darüber und wirft neue Fragen auf.

Von den drei in Corlan vorkommenden Drachenarten mochte Elwin die kleinen bunten Prachtschwirrer am liebsten. Sie hatten Flügel ähnlich wie Libellen, und man konnte ihnen mit Vergnügen zusehen, wenn sie bei schönem Wetter durch den Blumengarten schwirrten und Insekten jagten.

Dann gab es die Sumpfdrachen, mittelgroß und ähnlich gestaltet, aber längst nicht so hübsch, und zudem die große, in Höhlen wohnende nachtaktive Art, die auch Menschen gefährlich werden konnte.

Es galt allgemein als Glück bringend, am Haus nistende Prachtschwirrer zu haben. Elwin wusste nicht warum, aber er war froh, dass man hier kein Problem mit Rosenläusen und vor allem Mücken hatte, obwohl das Haus so nah beim See stand.

Der See, diese endlos scheinende Wasserfläche … den See mochte er gar nicht. Er war ihm rätselhaft und unheimlich. Wo er aufgewachsen war, gab es das nicht. Im Gegenteil, es gab Flüsse, die noch nicht einmal das ganze Jahr über Wasser führten. Steine, Sand, fester Boden, in Bezug auf Wasser nur Brunnen und schmale Bewässerungskanäle in den Gärten, das war Elwin vertraut.

Er bedauerte zutiefst, dass sie nach Vaters Tod nicht in Edessa-Tyra hatten bleiben können. Aber dort war seine Mutter die Ausländerin, und das hatte man sie bald spüren lassen. In diesem Frühjahr beschloss sie deshalb, mit ihren Kindern nach Corlan zurückzukehren. Sie verkaufte einen Teil ihres Hochzeitsschmucks und erstand diesen alten, ans Seeufer grenzenden Hof. Da lebten sie nun.

Natürlich wäre Elwin gern, wie Bent vom benachbarten Belialshof, in die Hauptstadt gegangen, da hätte er sicher eine gute Arbeit gefunden. Aber deshalb seine Familie verlassen wollte er nicht, und deshalb saß er mit seinen neunzehn Jahren zu Hause und tat sein Bestes, für die Mutter und zwei unverheiratete Schwestern zu sorgen.

Heute war es seine Aufgabe, die Zäune zu kontrollieren, welche die untere Wiese umgaben. Immer wieder kam es vor, dass nächtens ein paar unternehmungslustige Wildschweine dort einbrachen und ein Schlachtfeld aus Erde und Gras hinterließen. Einer der Hirten hatte gemeint, dass er in der letzten Nacht dort unten Geräusche gehört habe.

Dort unten, das hieß, er musste bis an das Seeufer gehen, wo die Wiese in eine kurze Böschung überging, an die sich ein sandiger Streifen anschloss. Für alle Fälle nahm er sich einen festen Stock mit, auch wenn er keine rechte Vorstellung davon hatte, wie er sich verhalten sollte, falls er tatsächlich einem Wildschwein begegnete.

Morgennebel hing über dem Wasser, die Sonne schien gedämpft durch das weiße Wabern. Elwin kämpfte sich widerstrebend am Zaun entlang durch das kniehohe Gras und schlug ab und zu mit dem Stock um sich, nur so zur Sicherheit. Als ein Binsenhuhn plötzlich kurz vor seinen Füßen aufstob und mit Alarmgeschrei davon flatterte, erschrak er so sehr, dass er Übelkeit aufsteigen fühlte.

Schließlich erreichte er die Stelle, wo in der letzten Nacht der Zaun offenbar niedergewalzt worden war. Wildschweine kamen seiner Meinung nach dafür nicht in Frage, sie waren zu klein für solch ein Zerstörungswerk, außerdem führte die Spur vom See herauf. Er untersuchte den Zaun und fand schleimige Rückstände, darin glitzerte es ein bisschen. Vielleicht Wasser-Wildschweine? Wasserschweine? Gab es in diesem See große, schleimige Wasserschweine?

Ratlos folgte er der Spur des niedergedrückten, zerwühlten Grases und erreichte die ehemalige Viehtränke, eine lehmige, ausgetretene Stelle, die nach Regenfällen eine tiefe Pfütze bildete. Jetzt sah sie allerdings verwüstet und vor allem viel tiefer aus. Anscheinend hatten die Schweine (?) sich hier eine Suhle gegraben und eine Menge Spaß damit gehabt, denn die Schlammspritzer reichten meterweit.

Ein glucksendes Geräusch ließ Elwin zusammenfahren und in höchster Alarmbereitschaft in die Suhle starren. War sie etwa nicht leer? Er trat mit mulmigem Gefühl näher heran und packte seinen Stock fester. Während ein Teil von ihm sich einzureden versuchte, dass das einfach ein besonders großes Wildschwein gewesen sein musste, meldete sich aus Kindertagen die Stimme seiner Mutter. Immer wenn er irgendwelchen Unsinn angestellt hatte, wies sie ihn mit diesen Worten zurecht: Sei ein artiger Junge, sonst holt dich der Neck!

Einige Bläschen stiegen an die dickflüssige Oberfläche und zerplatzten mit einem satten Schmatzen. Dann hob sich der Schlamm an einigen Stellen und formte sich zum Umriss eines zierlichen, glitschigen Körpers. Kein Schwein also, Elwin atmete erleichtert auf. Welches Tier aber war es stattdessen? Er erkannte angedeutete Flossen, aber ansonsten war der Umriss durchaus menschlich und nicht viel anders als seine Schwes...

Mit hochrotem Kopf wandte er sich ab. Was da kraftlos nach Luft schnappte und offenbar jede Bemühung aufgegeben hatte, aus dem Loch zurück in den See zu kommen, war eindeutig weiblich.

Nach dem ersten Erschrecken meldete sich die brüderliche Fürsorge wieder und machte Elwin darauf aufmerksam, dass die Sonne höher stieg und diesen Schlamm allmählich festbacken würde. Wenn er diesem Wesen nicht heraushalf, war es verloren.

Er versuchte erst mit dem Stock als verlängertem Arm, ob die kleine … Wasserfrau? Fischfrau? ihn ergreifen und sich daran herausziehen konnte. Tatsächlich schien sie zu verstehen, was er vorhatte, und sie reckte sich einmal danach, rutschte aber sofort wieder ab. Ein anderer Plan musste her.

Elwin zog sein Hemd aus und versuchte mit Zeichensprache sein neues Vorhaben zu erklären. Dann rammte er den Stock tief in den weichen Boden und legte sich bäuchlings an den Rand des Schlammloches. Mit den Füßen hakte er sich an seinem Stock fest und versuchte das Hemd um den Leib der Fischdame zu knoten. Sie sah ihn aus rätselhaften grüngoldenen Augen an und ließ ihn gewähren. Sie versuchte sogar zu helfen und drehte sich zur Seite, damit seine fahrigen Finger den Stoff ordentlich um sie schlingen konnten.

Dann robbte er vorsichtig rückwärts und hoffte, dass der Boden den Stock als Anker wenigstens so lange hielt, bis er sich und seine schlammige Last auf festen Boden befördert hatte.

Einen Steinwurf weit entfernt tauchten zwei Köpfe aus dem Wasser auf.

„Ich schwimme hin. Ich breche ihm das Genick", blubberte eine leise Stimme. „Sollst sehen, wie schnell ich bin. Er kann mir nicht entkommen."

„Nein, warte. Ich glaube, er will helfen. Sieh, wie er sich anstrengt. Ist nicht gefährlich." Die zweite Stimme klang beschwichtigend und fügte vorwurfsvoll hinzu: „Hättest helfen sollen in der Nacht."

„Ach nein, zu müde gespielt. Und dann rief uns der Alte. Konnte nicht bleiben."

„Dann lass Mensch jetzt tun. Wir schwimmen näher. Dort hinter dem Schilf. Er kann uns nicht sehen. Wir greifen ein, wenn nötig."

Elwin dankte seinen Schwestern gerade für die gute Qualität des selbstgewebten Stoffes, aus dem sie sein Hemd gefertigt hatten. Es hielt allem Ziehen und Zerren stand, und endlich gab das Schlammloch seine kleine Gefangene mit einem schmatzenden Geräusch frei. Als das letzte triefende Flossenende über den Rand glitt, holte er tief Luft zu einer letzten Anstrengung und trug die Fischdame ans Seeufer. Vorsichtig legte er seine Last im flachen Wasser ab und knotete das Hemd wieder auf. Dann setzte er sich erschöpft auf einen Stein und beobachtete, was weiter passierte. Sein Hemd konnte er wohl vergessen, aber er freute sich, dass er hatte helfen können.

Zunächst regte die Wasserfrau sich nicht, und Elwin befürchtete schon, seine Hilfe sei doch zu spät gekommen. Dann jedoch senkte sie den Kopf auf den Grund und begann mit beiden Armen langsam den Schlamm abzustreifen, sodass die Fluten um sie her sich eintrübten. Eine ganze Weile war nichts zu sehen als plätschernde Bewegung in lehmbrauner Soße, hin und wieder durchbrochen von einem schillernd beschuppten Ellbogen, einem Flossensaum und vielen Luftblasen.

Als Elwin plötzlich eine Berührung an seinem Fußknöchel spürte, unterdrückte er einen Aufschrei und krebste schnell ein Stückchen höher auf den Strand. Ihm schoss das Kinderlied durch den Kopf, in dessen Refrain es hieß: *Tief und dunkel, nass und kalt, Neck zieht dich hinunter bald.*

Stattdessen tauchte das Wesen bis zu den Schultern auf und betrachtete ihn mit schiefgelegtem Kopf. Nun konnte Elwin sie richtig ansehen, sauber und ohne Schlammpackung. Über diesen unglaublichen (leicht vorstehenden, aber das störte überhaupt nicht) Augen und der dezent fliehenden Stirn erhob sich ein fedriger Schopf, den Kiemenbüscheln von Kaulquappen nicht unähnlich. Nase und Ohren waren klein und flach, die Öffnungen am Hals entlang sahen wie Kiemen aus. Der breite, hübsch geformte Mund zog sich zu einem Lächeln auseinander und enthüllte kleine, spitze Zähne, die Elwin sofort an den Hecht denken ließen, den er einmal auf dem Markt gesehen hatte. Er lächelte ebenfalls, zog sich aber vorsichtshalber weiter zurück.

„Danke! Danke! Ich bin Blia. Komm schwimmen!" sagte die Wasserfrau und streckte einen Arm nach ihm aus. Er erkannte Schwimmhäute und krallenartige Fingernägel und sprang alarmiert auf.

„Ich bin Elwin, und ich kann leider nicht schwimmen", stieß er hervor. „Ich freue mich, dass es dir wieder besser geht, aber jetzt muss ich gehen."

„Kannst nicht? Ich bringe es dir bei. Komm, das Wasser ist schön!"

„Tut mir leid! Habe noch viel zu tun. Äh ... einen schönen Tag noch, und wenn du mal wieder an Land gehst, pass auf dich auf!"

Mit zwei, drei Sätzen war er oben auf der Wiese, winkte von dort aus zurück und sah im Umdrehen, dass sich aus dem Schilf zwei große Schatten in Richtung Ufer bewegten. Er wollte nicht abwarten, wer oder was sich da näherte und entfernte sich lieber schnell vom See. Den enttäuschten Blick, den Blia ihm nachschickte, sah er nicht mehr.

Becca Dalboush sah von ihrer Stickarbeit auf, als sie Elwins Schritte auf dem Kiesweg hörte.

„Dein Hemd!" entfuhr es ihr. „Und wie siehst du überhaupt aus?"

„Oh, Mutter … das Hemd, ich brauchte es für … Und der viele Schlamm … frag besser nicht."

„Ich frage aber. Was kann es denn anderes geben, als ein Hemd am Körper zu tragen?"

Elwins Antwort waren ein Kopfschütteln und eine hilflose Geste. Becca seufzte. Sie liebte ihren Sohn, obwohl er ihr manchmal, so wie jetzt gerade, Rätsel aufgab.

„Na schön. Ich bin gleich fertig mit dieser Decke. Wasch dich, zieh dir trockene Sachen an, und dann bringst du sie zum Dorfladen. Frau Kersta wartet darauf."

Zumindest darauf war Verlass. Die Corlanen wussten gute Handarbeit zu schätzen, und mit ihrer Stickerei konnte ganz gut verdienen. Damit und mit dem, was sie an Blumen, Obst und Gemüse anbauten, kamen sie über die Runden. Doch hin und wieder war es nötig, ein weiteres Schmuckstück zu verkaufen. Bedauernd dachte Becca an ihre goldenen Ohrringe, von denen sie sich zuletzt hatte trennen müssen.

Nachdem sie damals ihrem Liebsten in seine Heimat Edessa-Tyra gefolgt war, hatte sie ein glückliches Leben an seiner Seite geführt und nicht im Traum erwartet, dass ein Skorpionstich sie letztlich wieder hierher zurückbringen würde.

Viel war in ihrer Schatulle jetzt nicht mehr übrig, und über eine Mitgift für die beiden Mädchen mochte sie sich jetzt gar keine Gedanken machen. Ihr derzeitiges Sorgenkind war Elwin, der sich seit ihrer Ankunft hier mit allem schwertat und seinen Platz im Leben noch nicht gefunden hatte.

Einige Tage vergingen, in denen es Elwin gelang, alle Arbeiten, die in der Nähe des Seeufers anfielen, aufzuschieben oder jemand anderem zuzuschustern. Sein Abenteuer behielt er für sich. Beim nächsten Markttag betrachtete er die Auslagen der Fischer mit neuem Interesse und wagte hier und da die Frage, welche Arten von Getier es denn im See zu fischen gäbe. Man erzählte ihm von Bleichschuppern, Glattlingen und Rauhbarschen, die gut schmeckten, im Gegensatz zu den kleinen Niccawelsen, die selten gefangen wurden und die man doch wieder zurück ins Wasser werfen musste, weil ihr Fleisch das Aroma von faulendem Unrat hatte, und das wollte niemand essen. „Außer den Necks natürlich, aber die fressen ja alles", fügte ein alter Fischer augenzwinkernd hinzu, bevor er sich einer Kundin zuwandte.

Die Necks? Elwin wollte gern mehr wissen, aber der Alte gab sich beschäftigt. Auch die anderen Fischer waren nicht gesprächig. Er verließ den Markt und wanderte gedankenverloren durch die Straßen. Wen sonst konnte er fragen, ohne den Grund für seine Frage preiszugeben? Unvermittelt fand er sich vor dem Schulhaus wieder, und da wusste er, wo er Hilfe finden konnte.

Im Archiv der Schule blätterte Elwin sich durch einige vergilbte Bände der „Natur- und Reisebeschreybungen eines Weytgereisten" und stieß in einem davon auf einen Text, den er so oft las, bis er ihn auswendig kannte:

In den Thiefen des Korallensees lebt das Volk der Neccari, auch Necks geheyßen, ein letzter Rest der Alten Völker, die einst hier heimisch waren. Sie atmen sowohl Wasser als Luft, doch überleben sie nicht lange an Land und ermüden schnell dort, sie bedürfen der Feuchtigkeit und Leichtigkeit ihres Elements. Sie

haben viele Kinder, die sehr verspielt sind, die Erwachsenen blei-
ben lieber im Verborgenen. Die Männer können überaus groß
und alt werden, und bedroht man ihre Familie, so werden sie
überaus gefährlich. Wehe dem Fischer, der zufällig ein junges
Neccari im Netz findet und es dem See nicht zurückgibt. Eine
bestimmte Art von Welsen, die Lieblingsspeise der Neccari, darf
er nicht behalten, sonst fanget er drei Thag lang keinen einzigen
Fisch. Und tut er es ein weiteres Mal, so wird er ohne Gnade
ertränkt. Trotz ihrer Wehrhaftigkeit meiden die Necks uns Men-
schen, wo sie können, so dass viele meinen, sie seyen nur ausge-
dacht, um Kinder damit zu erschrecken. Doch es gebet sie wahr-
haftig.

Auf der Seite daneben gab es eine Zeichnung, die ein
Neccari-Paar darstellte und aus der Elwin sofort erkannte,
dass der Verfasser des Buches persönlich ein solches Wesen niemals zu Gesicht bekommen hatte. Zwar waren
durch den Schlamm hatte viele Einzelheiten verdeckt gewesen, und danach hatte er nur kurz hingesehen – aber an
eine solche Masse an Reißzähnen, Stacheln, Panzerschuppen und Tentakeln konnte er sich keinesfalls erinnern.
Und das mit dem Fischschwanz stimmte so ganz bestimmt nicht.

Am Abend dieses lehrreichen Tages (sowie gemolke-
nen Ziegen, ausgemisteten Ställen und einer Runde Ball-
spiel mit den Schwestern) saß Elwin vor dem Haus und
sah verträumt in Richtung See. Gelegentlich surrte ein
Nachtinsekt durch seine Wahrnehmung, das sein Leben
im blauen Feuerblitz der Prachtschwirrer aushauchte.
Sechs oder sieben von ihnen hatten sich bei der Laterne
eingefunden, wo sie auf Beute warteten, die ihnen buch-
stäblich ins Maul flog. Er sah ihnen müßig zu und fragte
sich, ob sie auch am Wasser jagten.

Neccari … ob sie wiederkamen? Abrupt stand Elwin auf. Er wollte es wissen. Er wollte es sehen. *Sie* sehen. Schnell ein Ersatzhemd – man konnte ja nie wissen – und leise an Mutters Fenster vorbei. Sie würde doch nur Fragen stellen, und er hatte keine Antworten darauf.

Der See lag still in der Dämmerung, der tiefblaue Abendhimmel spiegelte sich auf der ruhigen Oberfläche. Zu Hunderten schwebten blaue Lichtpunkte darüber, und zu den Naturgeräuschen gesellte sich das leise *brrrzzz*, wenn einer der kleinen Drachen ein Insekt gefangen und gleich geröstet hatte.

Bei der Schlammkuhle, die inzwischen einfach nur ein eingetrocknetes Loch war, rührte sich nichts. Im Ufersand zeichneten sich ein paar kleine Spuren von Wasservögeln und vielleicht von einem Fuchs ab. Augenscheinlich waren die Neccari, wie Elwin sie mittlerweile in seinen Gedanken nannte, nicht hierher zurückgekommen. Sie hatten festgestellt, dass ihr schöner neuer Spielplatz doch zu gefährlich und viel zu nah an den Menschen war. Naja, dachte er, sie bleiben wohl doch lieber unter sich, und die Geschichte ihrer Rettung erzählt Blia vielleicht später ihren Enkeln.

Er hockte sich unschlüssig in den Sand und überlegte, ob er nach ihr rufen sollte, aber dann fielen ihm die großen Schatten wieder ein, und er ließ es bleiben. Gerade wollte er sich wieder auf den Heimweg machen, als er von ferne übers Wasser seinen Namen zu hören glaubte. Gleich darauf näherte sich eine Welle, und Blia glitt mit Schwung an seine Seite. Sie strahlte ihn an, ihre Zähne schimmerten im Sternenlicht. Es waren immer noch spitze Zähne, aber Elwin kümmerte es nicht.

„Da bist du", sagte sie. „und heute schwimmen wir. Komm."

Sie fasste seine Hand (ganz sanft und ohne Krallen, wie Elwin beruhigt feststellte) und ging voraus. Im Wasser faltete sie ihre seitlichen Flossensäume wieder so um Körper und Beine, dass sie annähernd Fischform annahm und bewegte sich anmutig um ihn herum.

„Hast nur Beine … du musst es anders machen. Schau."

Geduldig zeigte sie ihm, wie er Arme und Beine bewegen musste, um vom Wasser getragen zu werden. Und nachdem er mehrmals untergegangen war und sie ihn wieder hochzog, hatte er den Bogen raus. Erstaunt stellte er fest, dass Schwimmen gar nicht so schwer war, nur anstrengend für seine ungeübten Muskeln. Außerdem wurde ihm trotz der warmen Sommernacht bald kalt.

„Ich muss zurück, aber ich besuche dich bald wieder. Schwimmen gefällt mir, und du bist eine gute Lehrerin."

„Morgen wieder?"

„Ja, morgen. Wenn es dunkel wird. Und dann bringe ich mir ein Handtuch mit."

„Hand-Tuch?"

„Man benutzt es zum … ach, vergiss es. Du brauchst so was nicht. Bis morgen, Blia."

„Bis morgen. Elwin."

Am Ende des Sommers konnte Elwin sich überhaupt nicht vorstellen, wie er bisher ohne so viel Wasser hatte leben können. Wann immer er konnte, ging er abends zum See, peinlich darauf bedacht, dass seine Freundschaft mit den Neccari ein Geheimnis blieb. Blia hatte ihm nach ein paar Tagen ihre Brüder Mol und Plik vorgestellt, zwei massige aber gutmütige Kerle, die ihn nach anfänglicher Zurückhaltung akzeptiert hatten und sich hin und wieder an den Schwimmrunden beteiligten.

An ihre abgehackte Art zu reden hatte er sich längst gewöhnt, ihr fremdartiges Äußeres war ihm vertraut, und gelegentlich tauschten sie kleine Geschenke aus. Unter seinem Hemd verborgen trug Elwin an einer Schnur eine dunkelgrüne Perle, die Blia ihm in einer Muschelschale überreicht hatte. Sie wiederum schmückte ihr wuscheliges Haar gern mit einer bunten Borte, die er aus Beccas Nähkorb genommen hatte und wurde es nicht müde, immer neue Variationen auszuprobieren.

Manchmal dachte Elwin darüber nach, dass es bestimmt viele Neccari in diesem riesigen See gab. Und vielleicht war ja was dran an der Legende, dass es unter ihnen große, alte Neccari-Männer gab, die gefährlich waren. Irgendwo mussten all die Redensarten ja schließlich ihren Ursprung haben. Er fragte Blia einmal danach, aber sie antwortete nur ganz allgemein: „Ja, wir sind viele." Das hatte keine Eile. Vielleicht würde er die anderen irgendwann kennenlernen, vielleicht auch nicht.

Seine größte Überraschung erlebte er jedoch, als Blia ihn eines Abends zum Essen einlud und ihm eine unglaubliche Vielfalt von Häppchen vorsetzte. Natürlich hatte sie nichts gekocht oder gebraten – das war alles roh, aber appetitlich angerichtet. Einige Bestandteile sahen zwar aus, als gehörten sie eher an einen Angelhaken, aber er probierte von allem.

Geschmacklich fand Elwin die meisten Häppchen eher seicht bis nichtssagend. Auf Menschenweise zubereitet, mit Gewürzen und Kräutern, hätte einiges sicher ganz gut geschmeckt. Er wollte lieber nicht wissen, was er sich da in den Mund steckte und tapfer lächelnd herunterschluckte. Immerhin machte es satt. Wenn dies die Nahrung der Necks war, hatte das Leben sie kulinarisch nicht gerade verwöhnt.

Zuletzt schob Blia ihm kleine weißliche Röllchen auf einem Algenblatt hin, ihr Gesichtsausdruck wirkte angespannt. Elwin nahm eins davon und biss hinein.

„Hmmm!" Er konnte ein genießerisches Stöhnen nicht unterdrücken, so aromatisch, so köstlich fand er dieses fischige Dessert. Er griff nach dem nächsten Röllchen, aß sie alle auf und ließ keinen Krümel davon zurück. Dann seufzte er zufrieden und fragte doch nach dem Namen dieser Spezialität.

„Das? Ist Nicca. Gefällt dir?" Und dazu lächelte Blia und legte den Kopf schief, womit sie immer eine Besonderheit andeutete.

Elwin stutzte. In seinem Kopf arbeitete es fieberhaft, die Mosaiksteinchen rutschten an die richtigen Stellen und ergaben jetzt ein klares Bild. Wenn Nicca in rohem Zustand so gut schmeckte, welche kulinarischen Kunstwerke mochten erst die Köchinnen und Köche Corlans daraus zaubern? Alle würden diesen Fisch haben wollen. Gourmets würden von weither angereist kommen und jeden Preis zahlen, um Nicca zu essen. Die Bestände im See wären nach kurzer Zeit abgefischt, die Neccari ihrer Nahrungsgrundlage beraubt. Allein mit den Wasserpflanzen, Schnecken und Würmern könnten sie nicht überleben. Es würde bald zum Konkurrenzkampf mit den Fischern kommen.

Blias grüngoldener Blick drang auf eine Antwort.

„Also ... nein. Das schmeckt nicht. Überhaupt nicht. Ich glaube, das werde ich nie wieder essen", konterte Elwin mit deutlich gespielter Abscheu und schob ihr das leere Algenblatt zu. Blia nickte strahlend. Sie hatten sich verstanden.

Als Elwin kurz darauf beim Aufräumen im Schuppen ein altes Boot entdeckte, war er ganz aus dem Häuschen und verbrachte Stunden damit, es auszubessern. Mol und Plik erklärten sich zu Fachleuten der Bootskunde, und unter ihrer Anleitung lernte er den Umgang damit.

Durch das regelmäßige Schwimmen und die körperliche Arbeit war Elwin muskulös geworden und hatte ein ruhiges Selbstbewusstsein gewonnen. Natürlich war Becca diese Veränderung aufgefallen, aber falls sie den Grund dafür kannte, so sprach sie ihren Sohn nicht darauf an. Sie reagierte nur gelinde überrascht, als er eines Morgens verkündete, er wolle nicht mehr den Hof verlassen und träume nicht mehr von einer Arbeit in der Stadt. Nein, er wolle Fischer werden. Das sei ein solider, gesunder Beruf, gegessen werde schließlich immer, und wenn man so einen fantastischen, fischreichen See vor der Haustür habe, sei es doch nur logisch …

Becca lächelte und nickte Zustimmung. Innerlich atmete sie erleichtert auf. Um ihn musste sie sich keine Sorgen mehr machen.

Es war wieder einmal Markttag, früh am Morgen, und die Händler bauten ihre Stände auf. Elwin ging durch die Reihen und besah sich ihre Angebote. Zufrieden stellte er fest, dass seine Fische immer ein bisschen größer waren als die der anderen Fischer, und dass er viele von den delikaten, aber schwierig zu fangenden Hammerkrabben auf seinem Tisch hatte.

Die Händler kannten und respektierten ihn mittlerweile, auch wenn er ihnen in mancher Hinsicht absonderlich erschien. Als erfolgreicher Fischer hatte er sich seinen Platz unter ihnen redlich verdient. Er grüßte in die Runde und kehrte dann zu seinem Stand zurück, wo seine beiden Schwestern voller Stolz der ersten heutigen Kundin die verkauften Fische einpackten. Auf einem Stuhl im Hintergrund saß seine Mutter und stickte an einem Wandbild, das alle Fischarten und anderes Getier im See zeigen sollte. Gerade war sie mit einem Wesen beschäftigt, das in der Hauptsache aus Krallen, Flossen und Panzerschuppen bestand. Sie trug neue goldene Ohrringe und lächelte stillvergnügt vor sich hin.

An beiden Seiten des Verkaufsstandes hingen kleine Holzgitter, an denen sich mehrere Prachtschwirrer festgeringelt hatten. Die dicken Fliegen, die sich für die Fische interessierten, ließen schnell davon ab und flogen neugierig auf die leuchtendblauen Lichter zu. Ihre Neugier währte nur kurz und endete mit einem brutzelnden Geräusch.

Auf diese Idee war Elwin besonders stolz.

Ein Fremder, der durch seine neugierigen Blicke und zielloses Umherschlendern auffiel, kam heran und musterte die Auslage.

„Das ist ein schönes Exemplar eines Achtfleckwelses. Alle Achtung. Habt Ihr den hier im See gefangen?"

„Oh, der Herr kennt sich aus? Ja, alle meine Fische stammen aus dem See. Seid Ihr denn Fischer?"

„Das nicht. Nein, ich bin Lehrer für Naturkunde und wandere in den Ferien ein wenig herum ... ich hatte gehofft, hier einmal einen Niccawels zu finden. Aber niemand kann mir damit dienlich sein."

Elwin holte tief Luft (der Lehrer betrachtete neidvoll die breite Brust und nahm sich vor, den Sportraum der Schule öfter zu besuchen) und setzte sein gewinnendstes Lächeln auf.

„Sie schmecken grauenvoll", sagte er und dirigierte seinen Besucher behutsam fort. „Niemand würde sie kaufen.

Ihr Geschmack ist so … ungewöhnlich, dass ein Fang sich nicht lohnt."

Außer für die Necks natürlich, fügte er in Gedanken hinzu. Er sah, dass der alte Fischer ihn aufmerksam beobachtete und blinzelte ihm kurz zu.

Und der Alte lachte und blinzelte zurück.

Ab die Waldpost

Mehrere Anspielungen auf eine Episode in Diffusius' Vergangenheit führten zur Niederschrift dieses Textes. Gleichzeitig liefert er die Erklärung dafür, warum Lady Arboretas hin und wieder Bäume umarmt.

Dendrobien ist ein geheimnisvolles Land und birgt viele weitere Geschichten, die erzählt werden wollen.

Am vergangenen Abend hatte der Geschichtsbewahrer Crathan noch keine Symptome gezeigt, doch heute hustete auch er. So fing es immer an: Erst ein trockener Husten, der in Halsschmerzen und Schluckbeschwerden überging, dann Fieber, dann Bewusstlosigkeit und im schlimmsten Fall der Tod.

Somit war nun mehr als die Hälfte der erwachsenen Einwohner Boronias von dieser rätselhaften Krankheit befallen, gegen die keines der zur Verfügung stehenden Heilmittel half und an der bereits zwei Personen gestorben waren.

Eine Delegation der Heilerschaft erschien vor Meridwens Tür, Verlegenheit in den Gesichtern und doch entschlossen, sich nicht abweisen zu lassen.

„Meister Crathan lässt Euch grüßen und bittet darum, dass Ihr zu den Karamani geht. Er ist sicher, dass man dort eine wirksame Arznei herstellen kann, die uns hilft", sagte Hyradin, Crathans übernächtigt aussehender Gehilfe.

„Ihr seid gesund und darum wohl die Einzige, die diesen weiten Weg schaffen kann", erklärte Limandas, der Rangälteste, eindringlich. „Außerdem wissen wir, dass Ihr neugierig seid und gern fremde Orte aufsucht. Wir können nicht gehen, niemand von uns. Wir müssen uns um unsere Angehörigen kümmern und um die anderen Familien, in denen Kranke zu versorgen sind."

„Und ich bin eine Fremde und habe niemanden hier", entgegnete Meridwen mit einer Spur von Bitterkeit. Natürlich wollte man lieber sie schicken, um ein Heilmittel von den Karamani zu erbitten. Sie war vor wenigen Wochen wegen ihres Lehrgangs hergekommen, und man hatte ihr eine abseitsstehende Unterkunft zugewiesen. Nur deshalb war sie wohl bisher gesund geblieben.

„Ich stehe mitten in der Prüfungsvorbereitung und darf meine Tabus nicht brechen", wandte sie ein, doch war das nur ein formales Aufbegehren. Natürlich würde sie alles tun, um ihren Gastgebern zu helfen, das gebot die Höflichkeit der Waldgemeinschaft. Das Dorf Boronia war klein und abgelegen, mit Hilfe von außen war nicht zu rechnen. Hinzu kam, dass Crathan ihr Mentor war und sie im Prüfungsverlauf begleiten sollte. Allerdings musste er dazu gesund und ansprechbar sein. Ein Grund mehr, sich auf den Weg zu machen.

„Also gut. Haltet Abstand und fasst nichts an. Ich breche gleich auf und hoffe, dass ich die Hilfe finde, die ihr braucht. Habt ihr wenigstens ein Reittier für mich?"

„Wir bedauern sehr, nein. Hier gibt es keine Pferde, nur die kleinen Waldponys."

„Und die kann man nicht reiten. Schade. Dann muss ich eben laufen. Das wird natürlich länger dauern."

Ihre Besucher zogen sich zurück, jetzt mit einem kleinen Ausdruck von Hoffnung in den von Anspannung und Sorge gezeichneten Gesichtern.

Meridwen schloss die Tür und sah sich um. Welche Dinge musste sie mitnehmen? Was konnte sie den Karamani im Austausch gegen ein Heilmittel anbieten? Nun, dazu hatte sie sofort eine Idee. Wie lange würde sie unterwegs sein? Und vor allem – wie konnte sie es schaffen, bis zum Ablauf ihrer Prüfungszeit die Tabus einzuhalten?

Drei gab es: Erstens, kein Fleisch essen, das war nicht schwer. Zweitens, kein Feuer entzünden, darauf konnte sie jetzt im Sommer leicht verzichten. Drittens, kein fließendes Wasser berühren, damit mochte sie allerdings bald Probleme bekommen, denn auf ihrem Weg würde sie drei Flüsse und unzählige Bäche überqueren müssen.

Doch was half es? Sie schnürte ihr Reisebündel und trat auf die Plattform vor der Eingangstür. Hinunter zum Waldboden ging es über mehrere Treppen, die den mächtigen Baumstamm umrundeten. Dann stand Meridwen auf dem weichen Moos. Einzelne Sonnenstrahlen, die das Blätterdach durchdrangen, ließen ihr langes rotes Haar leuchten. Auf den Veranden der umliegenden Baumhäuser standen die Nachbarn, schweigend. Einige winkten ihr zu. Sie war ihre einzige Hoffnung. Bei ihrer Rückkehr würden sicherlich weitere von ihnen erkrankt sein. Sie musste sich beeilen.

„Neugierig bin ich also", brummte Meridwen halb belustigt, als sie dem ausgetretenen Pfad folgte, der aus dem Bereich der hohen Hausbäume hinaus und in einen dichten, ungehemmt wachsenden Mischwald führte. „Aber es stimmt ja auch. Beobachten, denken und nachdenken. Und dann alles aufschreiben. Nur so kann man eine gute Geschichtsbewahrerin sein."

Sie fiel in ein zügiges Lauftempo, das sie regelmäßig unterbrach, um im langsamen Weitergehen Pflanzen und Waldfrüchte zu essen, von denen sie wusste, dass sie genießbar und nahrhaft waren.

Am Abend erreichte Meridwen das erste wässrige Hindernis, das sie nicht mittels Brücke, Trittsteinen oder kletternd überwinden konnte. Sie fühlte die Müdigkeit kommen und beschloss, dass sie für heute weit genug gekommen war und lieber nichts riskieren wollte. Jetzt galt es einen Platz zu finden, wo sie bis zum Tagesanbruch bleiben konnte und wo sie sicher war vor nächtlichen Jägern.

Meridwen wandte sich dem nächsten dicken Baum zu. Das bisher Gelernte konnte sie jetzt anwenden und auf diese Weise hoffentlich den Wald gefahrlos durchqueren. Natürlich waren dies völlig andere Verhältnisse als die im

Unterricht. Hier hatte sie es mit „Wilden" zu tun. Hoffentlich ließen sie sich auf eine Verständigung mit ihr ein.

Sie umarmte den Stamm, lehnte die Stirn gegen die Rinde und atmete tief aus. Sie hörte die Geräusche rings um sich und konzentrierte sich ganz auf den Baum. Würde er auf ihren Kontakt antworten?

Eine Weile passierte nichts, dann kam ein Gefühl zurück. Durch ihre Fingerspitzen floss es, prickelte auf der Stirn und klang in ihren Ohren. Es fühlte sich grün und erdig an und klang wie eine Frage: *Was?*

Aus den Unterrichtsstunden bei Crathan wusste Meridwen, dass manche Bäume äußerst maulfaul waren. Offenbar hatte sie hier so ein Exemplar erwischt. Also formulierte sie ihr Anliegen in klaren Bildern. Wieder verging ein stiller Moment, dann erreichte eine Antwort ihr Bewusstsein: *Die Weide nimmt dich auf, folge der Spur.*

Meridwen löste sich von dem Baum und suchte den Boden ab. Wurzelgeflecht durchbrach hier und da die Oberfläche, ein feines Schimmern schien darauf in eine bestimmte Richtung zu laufen. Ein gutes Stück weiter verdichtete es sich zur Silhouette eines anderen Baumes. Wieder nahm sie Kontakt auf und bedankte sich. Dann kletterte sie hinauf bis zu einer Stelle, wo sie ihre Schlafmatte sicher aufhängen konnte, und bald darauf schlief sie erschöpft ein.

Neugierig. Als Meridwen beim ersten Vogelgezwitscher erwachte, kam ihr sofort wieder dieses Wort in den Sinn. Diese Eigenschaft galt unter ihresgleichen nicht als erstrebenswert. Demgegenüber geschätzt wurden Traditionsbewusstsein, Stabilität und Beherrschtheit.

Es muss immer ein paar Neugierige geben, dachte Meridwen bei ihrem Blick in die Runde, nur so lernt man, wie es zugeht in der Welt, und kann sich darin zurechtfinden, wenn die Tradition nicht weiterhilft. Und es ist gut, Neues auszuprobieren. Dann kann man Hilfe bekommen, wo sonst keine ist.

Wo kann ich den Bach überqueren? schickte sie der Weide. *Geh über den umgestürzten Baumstamm, folge der Spur,* kam es zurück.

Sie packte ihre Schlafmatte ein, kletterte nach unten und suchte nach dem Schimmern. Jetzt bei Tageslicht war es schwieriger zu erkennen, aber allmählich sie lernte es deutlicher zu sehen. Es brachte sie zu einer Stelle, wo ein Sturm mehrere Bäume gefällt hatte. Einer lag quer über dem Bach, hier konnte sie hinüberklettern.

Meridwen lief zügig weiter. Pilze, Beeren und Kräuter halfen ihr über den Hunger hinweg, an einem Teich füllte sie ihren Trinkwasservorrat auf. In ihrem Gedächtnis speicherte sie alle Einzelheiten, um sie später schriftlich festhalten zu können. Diese Bärenhöhle dort, dieser Wildwechsel, diese Gruppe seltener *yorde*-Bäume, das war alles neu. Andere Neugierige vor ihr hatten eine Karte des Waldes gezeichnet, auf der es freilich viele weiße Stellen gab, vor allem im südlichen Gebiet. Vielleicht war sie in der Lage, später diese Lücken zu schließen.

Sie lief und lief. Weitere kleine Wasserläufe kreuzten ihren Weg, doch die hielten sie nicht weiter auf. Eine hölzerne Brücke überspannte den breiten, zu dieser Jahreszeit nur knietiefen Deoldon. Ab hier, wusste Meridwen, würde ihr niemand mehr begegnen. Dies war eine Art Niemandsland, nur hin und wieder von Jägern durchstreift. Es grenzte südwestlich an das Stammesgebiet der Karamani, und man ging sich normalerweise aus dem Weg. Der Wald war groß genug für alle, die sich an die Regeln hielten.

Weiter ging die Reise. Mithilfe der Bäume konnte Meridwen Raubtieren ausweichen und sichere Ruheplätze finden. Immer leichter fiel es ihr, einen Kontakt herzustellen und zielgerichtet zu kommunizieren. Das Laufen durch den weglosen Wald empfand sie allerdings als mühsam, und sie fand kaum genug zu essen.

Am dritten Morgen erwachte Meridwen mit einem merkwürdigen Gefühl. Als sie die Augen aufschlug, drehte sich der Wald. Sie ließ sich in blickloses Dunkel zurücksinken und fühlte dem Schwindel nach. Zu wenig gegessen? Das Falsche? Doch einen giftigen Pilz erwischt? Sie konnte sich keine Schwäche leisten!

Mühsam und mit schmerzenden Gliedern baute Meridwen ihr Nachtlager ab, kletterte auf den Boden und schleppte sich weiter. Es war nicht mehr weit, sie musste durchhalten. Mit unsicherem Gang, sich an jedem Baum und Strauch festhaltend, bewegte sie sich weiter auf ihr Ziel zu.

Die letzten Schritte war Meridwen mehr gefallen als gegangen. Nun kauerte sie am sandigen Ufer eines flachen Gewässers, das plätschernd über runde Kiesel floss. Der Waldschattenbach – jenseits davon begann das Stammesgebiet der Karamani, und sie musste unbedingt dort hinüber. Aber ihre Beine trugen sie nicht mehr, ihr war schlecht vor Hunger, und sie hatte solchen Durst, doch ihr Trinkwasser war aufgebraucht ...

Meridwen spürte Tränen der Verzweiflung aufsteigen und drängte sie sofort zurück. So kurz vor dem Ziel durfte sie nicht schlappmachen. Der Schwindel war zwar abgeklungen, aber sie fühlte sich schwach. Was konnte sie jetzt tun?

In den Büschen hinter ihr knackte es.

Meridwen fuhr herum, ihr Blick irrte panisch durch das dichte Grün. Ein Bär? Ein Luchs? Irgendein Lauerjäger, der ihr unbekannt war? Sie versuchte aufzustehen, um sich auf einem der Bäume in Sicherheit zu bringen, aber ihre Knie gaben sofort nach.

Jetzt waren Schritte zu hören. Die Büsche teilten sich, und heraus trat eine bunt gewandete Gestalt. Für einen Moment vergaß Meridwen all ihr Unwohlsein. Dieser Mann gehörte nicht zu ihrem Volk, auch nicht zu den Karamani. Das war ein Mensch vom Außenwaldland! Mit letzter Kraft richtete sie sich auf und streckte dem Fremden einen zitternden Arm entgegen.

„Bleibt dort stehen! Und wagt ja keinen Schritt näher!"

Dem scherzhaften Vorschlag einer Tavernenbekanntschaft folgend hatte Diffusius beschlossen, eine Abkürzung durch den Wald zu nehmen und nicht den regulären Weg. Dieser führte östlich von Kemion nach Beerdorf durch den Wald, hätte ihn aber Zeit gekostet. Dabei war er sich durchaus bewusst, dass er etwas Verbotenes tat. Es war allgemein bekannt, dass die Grenzsteine, die in regelmäßigem Abstand zwischen den Bäumen postiert waren, eine Landesgrenze markierten, die zu überschreiten nicht gestattet war. Aber – du meine Güte – er wollte doch nur kurz hier durch, er wollte weder Wild jagen noch irgendwelche Kräuter sammeln oder Pilze ausgraben. Er würde nichts und niemanden stören, und darum mochte man mit ihm doch ein Nachsehen haben.

Außerdem war er neugierig.

Dieser Wald war so ganz anders als alle Wälder, die er bisher durchwandert hatte (und das waren nicht wenige, seit eine familiäre Zwistigkeit ihn aus seinem Zuhause vertrieben hatte). Es gab kaum Wege. Die, welche er fand, waren nichts als Trampelpfade oder Wildwechsel. Bäume und Pflanzen gab es hier, die woanders nicht (oder nicht mehr?) existierten, und er hörte unbekannte Vogelstimmen und Tierlaute, die seine Fantasie beflügelten. Dieses Waldland war faszinierend geheimnisvoll.

Bisher hatte nichts seinen Weg versperrt, und er war niemandem begegnet, der ihn aufhielt. Diffusius war bestens gelaunt. An dem lustig plätschernden Bächlein da vorn wollte er eine kleine Rast einlegen.

Der klar formulierte Befehl brachte Diffusius' Füße zum sofortigen Stillstehen, doch sein Blick lief weiter, hinunter zum Bachufer. Der Anblick der feuerroten Haare, der blitzenden grünen Augen und der deutlich sichtbaren Ohrspitzen brannte sich in sein Bildgedächtnis ein.

Dann kippte die Elfe einfach um.

Durch das dumpfe Rauschen des nahenden Schwindelanfalls nahm Meridwen wahr, dass der Fremde sich näherte. Er hob sie halb hoch, nestelte ein Fläschchen von seinem Gürtel und wollte sie zum Trinken ermuntern. Sie drehte den Kopf weg.

„Bitte nehmt einen Schluck davon, es wird Euch guttun", sagte der Mann. Seine Stimme klang ehrlich.

„Woher stammt dieses Wasser?"

„Welches Wasser?"

Einen langen Hustenanfall später fand Meridwen Atem für weitere Worte.

„Also gut, kein Wasser. Schnaps? War das Schnaps? Darauf war ich nicht gefasst. Immerhin, er hat geholfen. Mir geht es schon viel besser, vielen Dank dafür."

„Kann Euch sonst irgendwie geholfen werden? Seid Ihr verletzt? Hungrig?"

Meridwen wischte sich die tränenden Augen - wie konnte jemand, egal welcher Spezies, freiwillig solch ein brennendes Getränk zu sich nehmen? – und musterte ihren Retter eingehend. Sie war direkten Umgang mit Menschen nicht gewöhnt, kannte sie hauptsächlich durch Beobachtungen aus gebührendem Abstand sowie durch Berichte aus zweiter Hand. Dieses Exemplar sah aus wie ein Abenteurer, der mehr Zeit in der Natur als unter Artgenossen verbrachte. Groß, ein wenig zerzaust, unrasiert, seine Art zu sprechen ließ jedoch auf ranghöhere, vielleicht sogar adlige Herkunft schließen. Seine Mimik und Gestik deuteten nichts Bedrohliches an.

„Ich muss den Bach überqueren", überwand sie sich zu erklären, „doch aufgrund eines Tabus darf ich fließendes Wasser nicht berühren."

„Ausgesprochen bedauerlich", erwiderte er mit einem bezeichnenden Blick auf die Schrammen und Dreckspuren an ihren Armen und Beinen.

Natürlich hatte man Diffusius auch vor den Elfen gewarnt, ihm aber versichert, dass so weit im Süden keine zu befürchten seien. Dieses Wesen, fast einen Kopf kleiner als er, musste seit Tagen unterwegs sein. Die Kleidung war wie von Dornen zerrissen, und der schlanke Körper sprach nicht für reichliche Mahlzeiten.

Meridwens Blick wurde noch etwas grüner, die linke Augenbraue hob sich langsam.

„Bitte um Verzeihung, edle Dame", beeilte er sich zu sagen und deutete eine Verbeugung an. „Sicher findet Ihr zu angemessener Zeit die Gelegenheit zum Waschen. Andreas Diffusius von Styrum wird es eine Freude sein, Euch einstweilen sicher und trocken auf die andere Seite zu verhelfen. Wie ist übrigens Euer werter Name?"

Jetzt kam auch die rechte Augenbraue nach oben.

„Oh, nicht so wichtig. Verzeiht meine Aufdringlichkeit. Nur einen Moment Geduld, und flugs sind wir drüben."

Ohne sich weiter aufzuhalten, streifte Diffusius seine Stiefel ab und steckte sie in sein Bündel. Dann krempelte er die Hosenbeine hoch, schob seine Arme unter das erschöpfte Elfchen und hob es hoch. *Das träume ich sicher nur,* schoss ihm durch den Kopf. *Ich bin mitten im Grenzwald, eine Elfe im Arm, und ich lebe noch.*

Sie verkrampfte sich und hielt den Atem an, als er losging und sich dem Wasser näherte.

„Keine Angst", versuchte er sie zu beruhigen. „Es ist doch nur ein Bächlein."

Das Wasser war kalt und stach wie mit Nadeln in seine Haut. Vorsichtig tastete er sich über glatte Kiesel und vereinzelte spitze Steine. Am jenseitigen Ufer angekommen, ging er ein paar Schritte weiter und setzte seine erstarrte Last auf der grasbewachsenen Böschung ab. Sie erhob sich, zwar leicht schwankend, aber anscheinend hatte sie sich erholt.

Diffusius trat einige Schritte zurück und sah zu, wie die Elfe die Umgebung absuchte, offenbar nach einer Fortsetzung des Weges. Gleich würde sie verschwunden sein. Kein Wort des Dankes? Sollte er ihr seine weitere Begleitung anbieten?

„Dies ist für Euch, habt Dank für die Hilfe."

Diffusius schreckte aus seinen Träumereien und fand die grünen Augen direkt vor sich. Ein kleiner, kalter Gegenstand ruhte in seiner Hand. Eine Art Amphore aus Metall, kaum größer als ein Gänseei.

„Es heißt, dass Menschen es mögen. Ich glaube, sie trinken es stark verdünnt. Dies ist die reine Essenz, Ihr dürft sie nur tropfenweise genießen."

Sie drehte sich um und erklomm die Böschung. Von dort oben schaute sie zurück, er stand immer noch da, unschlüssig.

„Herr Diffusius, ich rate Euch dringend, jetzt auf dem schnellsten Weg den Wald zu verlassen. Eigentlich dürftet Ihr gar nicht hier sein, aber offenbar hatte es einen Sinn, dass wir uns begegnet sind. Doch es gibt bei den Karamani Wächter, die Fremdlinge verfolgen. Darum ein Lebewohl jetzt, und kommt sicher hinaus."

Sie verschwand im Dunkel des schattigen Waldes und ließ ihn am Bach stehen.

Diffusius seufzte tief auf.

Die Amphore brannte kalt in seiner Hand. Er löste den Stöpsel und roch vorsichtig. Das Aroma umhüllte sofort all seine Sinne mit der Verheißung von jeglicher Erfahrung zwischen Wohlsein und Ekstase.

Stöpsel zu!

Diffusius fühlte, wie seine Mundwinkel bis zu den Ohrläppchen kriechen wollten. Welche Rarität! Jeder Tavernenwirt würde ihm hierfür ein Vermögen bezahlen! Aber das wollte er gar nicht. Jetzt wollte er lieber dem Rat der Elfe folgen und schnell den Wald hinter sich bringen, und dann würde er sich ein gemütliches Nachtlager bereiten und im wahrsten Sinne des Wortes einen guten Tropfen genießen.

Vom Waldschattenbach aus ging es für Meridwen auf einem breiteren Weg schnell voran. Bald konnte sie den unverkennbaren Geruch der Lagerfeuer wahrnehmen. Der Baumbewuchs wurde spärlicher, auf den Grasflächen dazwischen standen Pferde, bewacht von einigen großen Hunden.

Ein Junge kam heran, mit einem langen Stock bewaffnet. Er wollte nachsehen, was die Hunde zum Bellen veranlasst hatte. Meridwen ließ ihm einen Moment, in dem er sie mit offenem Mund anstaunte.

„Waldfriede mit dir. Bring mich zur Heilerin, bitte."

Als Meridwen kurz darauf der Heilerin Amapola gegenübersaß, wurde ihr bewusst, dass sie am Ende ihrer Kräfte war. Sie hielt sich nicht lange mit Höflichkeitsfloskeln auf, sondern kam gleich zum Kern der Sache.

„Eine tödliche Krankheit. Nichts hilft. Wir erbitten eure Hilfe."

Sie musste auf die Heilerin wohl einen erbärmlichen Eindruck machen, denn diese schickte den Jungen sofort um Wein und Essen. Nach ihrer ausführlichen Beschreibung der Krankheitssymptome nickte Amapola gedankenschwer und stand auf.

„Ich kenne das. Und wir haben die Pflanzen, die dagegen helfen. Ich setze einen Sud an, das dauert ein paar Stunden. Ruht Euch aus, schlaft eine Weile. Ich sorge dafür, dass Ihr hier ungestört seid."

Meridwen war nie zuvor bei den Karamani gewesen und sah sich neugierig um. Aus ihren Studien der Schriften über die terrandessianischen Völker wusste sie, dass dies die ursprünglichen menschlichen Bewohner des Landes waren, mittlerweile stark zurückgedrängt durch Invasoren aus dem Westen, die sich gleichsam in den Wald hineingefressen hatten. Dieses Schicksal teilten sie sich zwar, waren aber in ihrer Lebensweise so unterschiedlich, dass es so gut wie keine Berührungspunkte gab.

Die Karamani waren vom Typus kleiner und wendiger als die Neuankömmlinge, mit dunklen Haaren, und sie schrieben nichts auf. Sie zogen jahreszeitlich bedingt zwischen verschiedenen Lagerplätzen hin und her. Sie mochten zwar die Bequemlichkeit, doch zu viel Besitz empfanden sie als Belastung.

Hier befand sich das Winterlager, eine Ansammlung von festen Behausungen aus rohen Steinen für Mensch und Tier. Alles wirkte sauber und geordnet. Mindestens eine Heilerin war immer anwesend, dazu andere Stammesmitglieder, die diese Art zu wohnen den Zelten des Sommerlagers vorzogen.

Sie zählte kurz nach, ihr Tabu würde in der heutigen Nacht bei Mondaufgang enden, sodass sie den Rückweg hoffentlich einfacher bewältigen konnte. Bis dahin sollte sie die Zeit für ein wenig Schlaf nutzen.

Irgendwann in der Nacht weckte Amapola sie auf. Zwei volle Lederflaschen standen auf dem Tisch.

„Mehr ist es leider nicht geworden, aber das reicht für viele Personen." Sie breitete die Arme aus. „Im Sommerlager könnte man eine größere Menge herstellen, aber das ist weit von hier. Ich nehme an, Ihr wollt sofort zurück?"

„Ja, ich habe leider viel Zeit verloren. Ich danke Euch im Namen aller Boronier für den Heiltrank. Im Austausch dafür möchte ich Euch dies anbieten." Meridwen nahm aus ihrem Bündel eine dickbauchige Metallamphore, gefüllt mit dem köstlichen Getränk, das schon Diffusius so begeistert hatte.

„Ist es das, was ich denke?" lächelte Amapola und nahm das Gefäß entgegen. „Oh, das wird die Männer freuen. Sie trinken es sehr gern bei ihren geheimen Feiern. Sollen sie ruhig. Wir Frauen mögen es natürlich auch, aber in leichterer Mischung."

In einigen Stunden würde die Sonne aufgehen. Die Einladung zum Frühstück lehnte Meridwen dankend ab, sie wollte sich lieber sofort auf den Rückweg machen. Am Lagerfeuer hatte sich der ganze Stamm eingefunden, Stimmen und Gelächter drangen von draußen herein, jemand begann zu singen. Ein fröhliches Völkchen, schoss es ihr durch den Kopf, als ob sie niemals Probleme hätten. Sie überprüfte die Lederflaschen mit ihrem kostbaren Inhalt und steckte dankbar das Essenspaket ein, das die Heilerin ihr hinhielt.

„Wenn Ihr bei den Weiden vorbeikommt, steht dort ein Pferd für Euch bereit", sagte Amapola. „Waldfriede auf Eurem Weg, und mögen alle Kranken gesund werden."

Wenig später hielt Meridwen eins der mausgrauen Waldpferde am Zügel. Ein Blick zurück zeigte ihr Feuerschein und eine ausgelassen feiernde Gruppe von Menschen. Vermutlich machte die Amphore schon die Runde. Amapola, die mit dem Rücken zu ihr saß, drehte sich um. Sie winkten sich zu. Dann tauchte Meridwen ins nächtliche Dunkel.

Mondschein spiegelte sich im Wasser. Am Waldschattenbach stieg Meridwen ab und durchwatete ihn langsam und ganz bewusst. In der Mitte blieb sie stehen, grub die Zehen in den Sand und spürte die langsam hochkriechende Kälte an ihren Waden.

Von dem Menschen war nichts mehr zu sehen. Gut so. Sie hatten sich überall breitgemacht, darum sollte das Waldland frei von ihnen bleiben. Sie waren laut, gierig und ungehobelt, jedenfalls die meisten von ihnen. Dieser blonde Mann hatte sich höchst ritterlich gezeigt, eine absolute Ausnahme.

Meridwen zuckte die Schultern. Besser, man blieb auf Abstand. Sie ging weiter zum jenseitigen Ufer, saß auf und atmete tief durch. Zwar hatte sie nun das Pferd, aber der Rückweg würde sie trotzdem an die Grenzen ihrer Kraft bringen.

Ohne die Notwendigkeit, alle fließenden Gewässer zu meiden, kam sie in flottem Tempo voran. Wieder nahm sie die Hilfe der Bäume in Anspruch, um sichere Plätze und jetzt auch eine Weide für das Pferd zu finden. Die Brücke über den Deoldon nahm sie im Galopp, und ab da gab es deutliche Pfade, breitere Wege, und die Zeichen von bewohntem Gebiet mehrten sich. Doch niemand begegnete ihr – war das ein schlechtes oder ein gutes Zeichen?

Am späten Nachmittag erreichte sie die ersten Wohnbäume am Rand von Boronia. Von einem hing eine Girlande aus geflochtenen Blättern und Blumen herab. Hier war jemand gestorben.

Sie trieb ihr Pferd an. Wie ging es Crathan? Er musste überleben!

„Sie ist wieder da!" rief eine Stimme aus dem Baumhaus neben ihr. Sofort reckten sich Köpfe aus vielen Fensteröffnungen und gaben den Ruf weiter. Als Meridwen am offenen Platz in der Ortsmitte ankam, standen dort die Vertreter der Heilerschaft und geboten ihr mit einem Handzeichen, in sicherem Abstand stehenzubleiben.

Der Älteste Limandas sah aus, als habe er seit Tagen nicht geschlafen.

„Es sind inzwischen weitere Personen erkrankt", sagte er mit müder Stimme, „darum bleibt uns lieber fern, solange die Gefahr nicht gebannt ist. Für die Zwillinge von

Familie Rosenan kommt die Hilfe leider zu spät. Sie sind gestern gestorben."

Die Girlande! Meridwen seufzte. Hätte sie doch schneller sein können! Sie ließ die Lederflaschen mit der Medizin zu Boden gleiten und bewegte das Pferd ein paar Schritte rückwärts.

„Das ist ihr ganzer Vorrat, eine größere Menge konnten sie mir so schnell nicht geben. Aber sie sagen, es wirkt rasch, wenige Tropfen genügen. Es sollte also für alle Boronier reichen. Ich ziehe mich jetzt in mein Haus zurück und hoffe, dass alles gut wird. Bitte benachrichtigt mich, sobald es Neues gibt."

Meridwen erwachte aus bleiernem Schlaf, als es laut und anhaltend an ihre Tür klopfte. Wie viel Zeit war inzwischen vergangen?

„Was ist denn?"

„Es wirkt! Das Fieber sinkt, und einige Kranke sind schon wieder bei vollem Bewusstsein!" klang es dumpf von draußen.

„Das ist wunderbar! Wie geht es Meister Crathan?"

„Er ist wohlauf und nimmt gerade eine Kräuterbrühe zu sich. Morgen will er Euch sehen – und sich bedanken."

Sie sank in die Kissen zurück. Das waren gute Neuigkeiten. Beruhigt ließ sie sich wieder in den Schlaf gleiten.

Am nächsten Tag zur Mittagszeit kam Rheva, ein anderer Helfer aus Meister Crathans Schule, um Meridwen abzuholen. Seine Augen waren dunkel umschattet.

„Mir ging es nicht gut", berichtete er, „aber ich musste mich um alle anderen kümmern, die noch schlechter dran waren. Einige müssen weiterhin das Bett hüten, aber der Meister ist aufgestanden. Er ist überzeugt, dass bald alles wieder wie gewohnt läuft."

Sie fanden Meister Crathan an seinem Schreibtisch im Garten sitzend, als sei nichts gewesen. Doch seine fahle Gesichtsfarbe und die eingefallenen Wangen sprachen eine andere Sprache. Er erhob sich, legte eine Hand auf den Stamm der alten Eiche, unter deren Ästen er residierte, und sah Meridwen mit feinem Lächeln an.

„Falls Ihr Euch Sorgen um Eure Prüfung macht, so kann ich Euch beruhigen, Ihr habt sie bereits bestanden. Mein alter Freund hier", er tätschelte liebevoll das Holz, „hat mir übermittelt, wie zielstrebig und versiert Ihr die Kommunikation eingesetzt habt, um auf schnellstem Weg zu den Karamani und hierher zurück zu kommen. Ihr dürft ab sofort den Beinamen ‚Arboretas' führen, den habt Ihr wahrlich verdient."

Er überreichte der überraschten Meridwen eine Urkunde und zwinkerte ihr kurz zu.

„Außerdem bin ich darüber in Kenntnis gesetzt worden, dass Ihr die Tabus gewissenhaft eingehalten habt. Wir alle schulden Euch unseren Dank."

Jetzt fühlte Meridwen Röte aufsteigen und wandte schnell den Kopf ab, während ihr Mentor ihr das gestickte Abzeichen in Form eines kunstvoll verästelten Baumes hinhielt.

„Wie sind sie denn so, diese ‚Menschen'?" raunte er.

„Oh, ich fand sie erfreulich hilfsbereit", kam die Antwort, vielleicht eine Spur zu schnell. „Die Karamani haben sich sofort um mich bemüht und mir alle Medizin gegeben, die sie entbehren konnten."

Meister Crathans belustigter Gesichtsausdruck machte deutlich, dass er die Karamani nicht gemeint hatte, aber er beließ es dabei.

„Nun, jedenfalls beglückwünsche ich Euch und heiße Euch willkommen in der Gemeinschaft der Stille-Baum-

Post-Kundigen, wie man uns Arboretaner gern nennt. Eine Fähigkeit, die enorm nützlich sein kann. Und wo immer Pflanzen wachsen, werdet Ihr nie allein sein."

Am nächsten Morgen verließ Meridwen Boronia. Sie war hier fertig, allen Kranken ging es besser, und sie konnte wieder in ihren Heimatort weiter nördlich zurückkehren, wo sie als Geschichtsbewahrerin einer erfüllenden Arbeit nachging, jetzt mit Zusatzausbildung zur Arboretanerin.

Es wurmte sie allerdings, dass sie am Waldschattenbach die Hilfe dieses Menschen hatte annehmen müssen. Obwohl er ihr und ganz Boronia in einem entscheidenden Moment beigestanden hatte – Menschen (die Karamani ausgenommen) waren Gegner. Die Geschichte ihres Volkes erzählte das ganz deutlich. Man sollte ihnen nichts schulden.

Und weil sich die Hilfe durch diesen Menschen nicht hatte vermeiden lassen, sah sie sich noch immer in seiner Schuld. Denn was wog schließlich ein kleines Fläschchen Elfengeist gegen das Leben eines ganzen Dorfes?

Aber – sie zuckte die Schultern und lenkte ihr Pferd auf den Weg ein, der sie nach Hause brachte – damit würde sie wohl leben müssen. Dieses Waldland war ihre Welt, in der sie sich wohlfühlte und in welcher die Menschen nichts zu suchen hatten. Den blondhaarigen Fremden würde sie sowieso nicht wiedersehen.

Tante gut, alles gut!

Jedes Land hat Schulen und andere Lehranstalten, überall werden Magier ausgebildet. Edessa-Tyra ist darin keine Ausnahme. Doch hin und wieder ist eine besondere Herangehensweise nötig, um einem Studenten die erforderliche Leistung abzuringen. Denn manch einer funktioniert erst, wenn er unter Druck steht.

„Meint ihr wirklich, dass wir dort einziehen sollen?"

Boris' kondensierter Atem wehte in kleinen Wölkchen davon. Er erwartete nicht wirklich eine Antwort, zumindest keine in menschlichen Worten. Das Schwanzwedeln von Jako genügte ihm, und Raissa schmiegte sich zustimmend an seine Beine.

Die drei stapften durch die kleine Pforte und auf das alte Haus zu und hinterließen eine interessante Spur im Schnee. Vor dem Windfang stellte Boris seine schwere Tasche ab und zog den Schlüssel aus der Tasche.

„Dies ist also Tante Maschas Überraschung", brummte er und zögerte, aufzuschließen. Doch seine beiden pelzigen Begleiter sahen ihn auffordernd an, und so öffnete er seufzend die Tür.

„Also gut. Gehen wir erst mal rein, und dann sehen wir weiter."

Die Übereignung des Hauses war für Boris völlig unerwartet gekommen. Nur ein Briefumschlag, darin der Schlüssel und eine kurze Erklärung:

Mein lieber Junge, mir reicht's endgültig mit dieser Kälte. Heute reise ich ab in den Süden und suche mir einen Wohnort, wo es immer hübsch warm ist. In Borandesia soll es schön sein, oder in Süd-Sirq. Zum Abschied habe ich eine Überraschung für Dich: Mein Häuschen ist jetzt Deins, ich brauche es nicht mehr. Ich schreibe Dir bald von meiner neuen Adresse aus. Liebe Grüße, Tante Mascha

Das kam ihm nicht ungelegen. Als Student verfügte er nur über geringe Mittel. Ein eigenes Häuschen hieß, keine Miete mehr für die Bruchbude zahlen zu müssen, die er derzeit bewohnte und wo es ständig Diskussionen wegen seiner Haustiere gab. Dabei waren Jako und Raissa offiziell zugelassene Magische Tiere, die standen ihm als Student der Magischen Laufbahn einfach zu.

Wie es aussah, hatten alle ab sofort ein großes Problem weniger.

Sie gingen hinein und sahen sich um. Das Häuschen war Boris vertraut, doch hatte er nicht erwartet, dass seine Tante alle Möbel, die Bilder, Vorhänge und sogar ihre warme Kleidung zurückgelassen hatte. Offenbar hatte sie nur ihre persönlichen Dinge eingepackt und war auf und davon, in die Wärme.

Er beneidete sie. Tante Mascha – die in magischen Fachkreisen vielgerühmte Maria Jadkova – konnte es sich leisten, der Winterwelt Edessa-Tyras dauerhaft den Rücken zu kehren. Mit all ihren Auszeichnungen und akademischen Titeln würde man sie überall mit Kusshand nehmen. Seine Fähigkeiten hingegen … er hatte mehr als einmal daran gezweifelt, dass sie beide wirklich miteinander verwandt waren.

Sie gingen durch alle Räume – Boris mit Bedacht und in Kindheitserinnerungen schwelgend, Jako aufgeregt schnüffelnd und immer ein Stück voraus, Raissa gemessenen Schrittes als Schlusslicht, mit kritisch-skeptischem Blick.

Dann kamen sie wieder in der Stube an.

„Jetzt ein schönes Feuerchen im Kamin", verkündete Boris, „und dann machen wir es uns gemütlich."

Auf dem Kaminsims fand er einen weiteren Brief von Tante Mascha, den sie hier wohl extra für ihn hingelegt hatte.

Nun bist Du also Hausbesitzer. Das reicht jedoch nicht ganz. Damit Du rechtmäßiger Eigentümer wirst, habe ich für Dich drei Aufgaben vorbereitet, die Du innerhalb von drei Wochen erfüllen musst. Und es geht dabei nicht allein um das Haus, sondern gleichsam um eine Art Schatz. Was zu tun ist, habe ich in den Matruschkas verborgen. Fang mit der blauen an, nimm danach die grüne und zuletzt die rote. Und nicht schummeln, sonst wird nichts draus.

„Was sagt ihr dazu?" Boris hatte kein Argument, Tante Maschas Aufgaben nicht zu erfüllen, denn zurzeit waren Semesterferien. Sein Studium an der renommierten Casa Magica geriet allmählich zur Farce, und das lag klar an ihm und seiner Prüfungsangst. Er zögerte die Abschlussprüfung immer wieder hinaus, überzeugte die Professoren jedes Jahr, dass er noch nicht die nötigen Kenntnisse habe. Eines Tages würden sie ihn vermutlich rausschmeißen, aber er traute sich einfach nicht an die Konkurrenzsituation mit den anderen Studenten ran. Er würde sowieso versagen, die Magie hatte er einfach nicht so gut drauf.

Jako hatte sich vor dem Kamin ausgestreckt und ließ sich den Bauch wärmen. Seinem Herrn warf er einen wohligen Blick zu, ganz in dem Bewusstsein seiner kleinen Hundeseele, dass Boris für ihn sorgte. Sein Rudel war beisammen, das Leben war schön.

Mit einem Satz war Raissa auf die Kredenz gesprungen, wo auf einem offenen Bord die drei Matruschkas standen. Sie warf einen Blick zurück auf Jako und gab einen ungehaltenen Laut von sich. Dem Lauf des Mondes folgend befand der Köter sich gerade nahe seinem Idiotenstadium und war zu nichts zu gebrauchen, außer vielleicht für so einfache hündische Dinge wie Bällchen apportieren.

Sie selbst bildete sich einiges darauf ein, einen gleichmäßig hohen Intellekt zu besitzen, um Einiges höher als der von Boris, mutmaßte sie. Mit dem Sprechen klappte es anatomisch bedingt natürlich nicht, aber sie war gut in Telepathie, das verdankte sie ihren Sphinx-Genen.

Jako hingegen hatte einen Schuss Werwolf im Blut. Das bewirkte bei ihm aber keine äußerliche Veränderung, stattdessen fluktuierte seine Intelligenz zwischen hündisch-triebgesteuert und überdurchschnittlich scharfsinnig. Seinen Höchststand hatte er um Vollmond herum, sprechen konnte aber auch er nicht.

Boris öffnete die blaue Matruschka und entnahm ihr einen beschrifteten Zettel.

Aufgabe 1 – Zerstörung

Lasse allein mit der Kraft Deiner Gedanken einen beliebigen Gegenstand explodieren.

„Ich soll was?"

Entgeistert las er den Text laut vor. Jako legte den Kopf schief und winselte, Raissa pfötelte an dem Zettel herum. *Das musst du nicht allein bewältigen,* schnurrten ihre Worte in Boris' Kopf. *Natürlich helfen wir dir.*

„Danke, das ist sehr tröstlich. Aber für heute lassen wir es gut sein. Es wird dunkel, und wir hatten Aufregung genug für einen Tag. Morgen fangen wir mit dieser ersten Aufgabe an."

In der Nacht schneite es wieder, sodass Boris am nächsten Morgen in einen wie mit Schlagsahne überhäuften Garten trat. Zerstörung jeglicher Art hielt er für Verschwendung. Er hatte sich deshalb überlegt, dass er es mit einem Scheit vom Brennholzstapel versuchen wollte. Eins mehr oder weniger machte nichts aus, und das Holz war sowieso zum Verheizen gedacht.

Er kämpfte sich durch kniehohen Schnee bis zum Schuppen und brauchte dann eine gute Stunde, bis die Wege und eine ausreichend große Fläche gefegt waren. Er legte ein Holzscheit auf den Boden, trat mit großer Geste zurück und konzentrierte sich.

Raissa klinkte sich mit ein, um Boris zusätzliche Stabilität zu geben. Jako leckte ihm die Hände, dann setzte er sich hin und kratzte sich ausgiebig.

Das Holz erzitterte und verbog sich leicht.

„Hmm. So war das aber nicht beabsichtigt! Jako, lauf und hol ein anderes Stück!"

Sie versuchten es wieder. Ein weiteres krummes Scheit war das Ergebnis, nur in der Längsachse gedreht.

„Wir geben nicht auf. Jako, noch eins!"

Bis es wieder dunkel wurde, war der gesamte Brennholzvorrat zu einer Sammlung von Merkwürdigkeiten geworden. Verbogen, verdreht, langgezogen, gespalten, zerbröselt, verfärbt und in einem Fall zuletzt mit einem frischen grünen Trieb lagen die Holzstücke herum. Mitten zwischen ihnen saß Jako, zum Platzen stolz auf sich, denn er hatte sie alle getragen. Boris hingegen war enttäuscht, er hatte Kopfschmerzen, und Raissas Fell knisterte vor lauter kleinen Energieentladungen.

Sie räumten die Scheite wieder an ihren Platz im Schuppen. Boris fühlte eine unbestimmte Wut im Bauch, weil er sich so offensichtlich inkompetent angestellt hatte. „Explodieren", das war ein unmissverständliches Wort mit einer klar definierten Bedeutung.

Er hatte es nicht geschafft.

Das hoffnungsvoll grünende Holzstück nahm er mit hinüber ins Haus, um ihm in einem Blumentopf wenigstens eine Chance zu geben.

Ein neuer Wintertag brach an. Boris fütterte seine tierischen Gefährten, gönnte sich ein opulentes Frühstück und fühlte sich danach ausreichend gestärkt, die zweite Aufgabe anzugehen.

Während er sich die letzten Krümel aus dem Bart kämmte, kam Raissa um die Ecke gefegt und kullerte die grüne Matruschka vor sich her. Ein letzter Hieb mit der Pfote, und Boris konnte so eben verhindern, dass sie wie ein Geschoss das Glas der Standuhr zertrümmerte.

Aufgabe 2 – Verwandlung

Erschaffe einen beliebigen Gegenstand aus fremden Materialien, ohne diese zu berühren.

Dies bereitete ihm Kopfzerbrechen, denn im Fach Verwandlung rangierte er auf den hinteren Plätzen. Doch als er Jako vor seinem leergeputzten Napf sitzen sah, kam ihm eine Idee. Raissa hatte offenbar seine Gedanken aufgeschnappt und war mit ihm einer Meinung, denn sie kratzte mit beiden Pfoten an der Tür des Küchenschrankes.

Auf dem Tisch ordnete Boris einige Schalen mit den von ihm ausgewählten Materialien an. Mehl, Zucker, Schmalz, Winterbeeren, Sirup, Nusskerne, Eier. Er nahm Haltung an und beorderte seine tierischen Gefährten neben sich.

„Ihr kennt meine Backkünste und wisst: Aus diesen Dingen können wahre Leckerbissen werden. Also los, lasst es uns gemeinsam ohne den Ofen schaffen."

Sie konzentrierten sich; Boris mit vor Anstrengung gerunzelter Stirn und zugekniffenen Augen, Raissa mit aufgeregt vibrierenden Schnurrhaaren, Jako die Schalen fixierend, Sabber tropfte von seinen Lefzen.

Erst klapperten die Schalen leicht, stießen aneinander, dann rotierten sie und wurden immer schneller, bis sie sich schließlich von der Tischplatte erhoben und auf verschlungenen Bahnen durchs Zimmer sausten. Dann trafen alle im selben Moment aufeinander, ein dumpfer Knall ertönte, und es regnete Kekse. Verwundert öffnete Boris die Augen, nahm einen Keks und biss hinein. Es knirschte.

„Oh, da stecken wohl die Tonschalen mit drin. Die kann man natürlich nicht essen. Schade drum." Die Verwandlung an sich hatte geklappt, trotzdem fand er das Ergebnis insgesamt wieder enttäuschend. Galt die Aufgabe trotzdem als gelöst?

Boris fühlte Ehrgeiz in sich aufsteigen und unternahm einen weiteren Versuch, diesmal ohne Geschirr, und die so entstandenen Gebäckstücke waren ausnahmslos lecker. Übermütig geworden, verwandelte er einen alten Löffel in eine Wachskerze, um die Aufgabe wirklich buchstabengetreu gelöst zu haben.

„Danke für eure Hilfe. Ich bin ganz zufrieden mit unserer Zusammenarbeit, so können wir weitermachen. Morgen schauen wir nach der nächsten Aufgabe, die Tante Mascha sich ausgedacht hat, aber jetzt lasst uns die Kekse genießen."

Ein neuer Tag, und die rote Matruschka musste ihren Inhalt präsentieren.

Aufgabe 3 – Beschwörung

Rufe eine beliebige Geistform herbei und lasse sie eine Arbeit für dich verrichten. Sodann schicke sie wieder fort und schließe den Vorgang.

„Oh." Boris ließ den Zettel sinken und schaute seine beiden Mitbewohner an. Raissa hielt kurz darin inne, sich zu putzen, Jako setzte sich aufrecht hin, seine buschige Rute klopfte auf den Boden.

„Mit dieser dritten Aufgabe warte ich lieber bis zum Vollmond, sie wird uns einiges abverlangen. Jako, da brauche ich deine volle Unterstützung und keinen verspielten Wauwau."

Die folgenden Tage waren angefüllt mit Vorbereitungsarbeiten. Boris ackerte sich durch Tante Maschas umfangreiche Büchersammlung und notierte alle Hinweise, die er über Dämonenbeschwörung fand. Er suchte seine mageren Mitschriften aus dem Unterricht zusammen und musste sich eingestehen, dass er nur mit viel Nachsicht noch unter den Begriff „mittelmäßig" fiel.

Um diesen Status zu verbessern, übte er alle Zauber und Beschwörungen, die er kannte. Raissa unterstützte ihn, und von Tag zu Tag wurde auch Jakos Beteiligung daran intensiver.

Was hatte die Tante wohl mit „eine Art Schatz" gemeint? Ging es um Geld? War es der Schmuck einer antiken Königin? Oder ein wertvolles magisches Artefakt? Boris hatte nicht die geringste Ahnung. Seine Tante hatte in solidem Wohlstand, doch ohne die zur Schau gestellte Pracht vieler anderer Magier gelebt. Welches Geheimnis hütete sie?

Er war sehr gespannt.

Die Nacht war still. Der aufgehende Vollmond tauchte die Welt in silbernes Licht. Boris ging hinaus in die Felder, der frisch gefallene Schnee knirschte leise unter seinen Schritten. Hinter ihm gingen Raissa und Jako in seiner Spur.

Am steinigen Ufer des zugefrorenen Bächleins fegte Boris eine Fläche frei und stellte die Symbole für die fünf Elemente auf die Spitzen eines mit Hobelspänen gestreuten Pentagramms. Er hatte Utensilien genommen, die im

Haus zu finden gewesen waren, und sein Bannkreis sah deshalb ungewöhnlich aus: Eine volle Flasche Wodka für das Wasser, eine Rohrzange für das Metall, den Blumentopf mit dem sprießenden Holzstück für die Erde, eine Schachtel Streichhölzer für das Feuer und einen Blasebalg für die Luft. Weitere Gerätschaften, die später nützlich werden mochten, lagen in griffbereiter Nähe.

„So, jetzt geht es um alles. Oder nichts, wenn wir Pech haben. Dann heißt es wohl, zurück ins Studentenwohnheim. Und das möchte ich wirklich gern vermeiden."

Boris stellte ein Gefäß mit brennendem Räucherwerk in die Mitte seines Arrangements, legte seine Hände auf die dichten Pelze seiner tierischen Mitstreiter und senkte den Kopf. Erst stockend, dann sicherer werdend, intonierte er die Beschwörungsformel für einen Dämon dritter Klasse, die er mühsam auswendig gelernt hatte. Die Tiere starrten reglos, in ihren Augen spiegelte sich die glimmende Räucherschale.

Nach mehreren Minuten erfolglosen Gemurmels wollte Boris aufgeben. Die Kälte machte sich allmählich unangenehm bemerkbar, und außer ein wenig statischer Entladung auf Raissas Fell war nichts passiert.

Sollen wir die Überwachung abbrechen? fragte Jakos Stimme in Boris' Gedanken. *Willst du den Kreis auflösen?*

Doch da gab Raissa ein Fauchen von sich und bohrte ihre Krallen in Boris' Ärmel. An den Spitzen ihrer Schnurrhaare erschienen kleine Lichtpunkte.

Da kommt ein Wesen herauf, meldete sie. *Nicht gerade das beabsichtigte Format. Dieser Bursche ist größer. Viel größer!*

Um die Räucherschale herum verdichtete sich die halb transparente Erscheinung eines grotesken Wesens, das begeistert die Nasenlöcher blähte.

„Sandelholz", grollte es mit deutlich genießerischem Unterton. „Da habe ich doch richtig gerochen!"

Boris riss ungläubig die Augen auf. In Dämonologie hielten die meisten ihn für eine glatte Niete, aber er konnte große Macht erkennen, wenn er sie sah. Jetzt wandte sich dieser Berg aus Muskeln, Krallen, Hörnern und Flügeln ihm zu.

„Ich bin Mirkov. Du hast mich beschworen, weil du einen Wunsch hast. Sag ihn mir!"

„Oh, bitte – das war wohl ein Versehen", brachte Boris schluckend hervor. „Ich hatte nicht mit einem Dämon deines Kalibers gerechnet. Es geht nur um zwei, drei kleine Reparaturen im Haus."

Mirkov zeigte so etwas wie Verlegenheit. „Ich habe mich vorgedrängelt", gestand er zögerlich. „Denn dem Duft von Sandelholz kann ich nicht widerstehen. Das soll aber nicht dein Problem sein. Dein Haus", er wies zum Feldrand, wo ein Fenster leuchtete, „ist es dieses da?"

Boris bejahte, und der Dämon richtete sich auf, wuchs weiter an und stieß sich vom Boden ab. Mit wenigen Flügelschlägen war er dort und umrundetet das Haus mehrmals. Aus dem Inneren ertönten Geräusche, die auf handwerkliche Tätigkeiten hinwiesen. Dann war er zurück und schwebte groß und düster über dem Pentagramm.

„Alles erledigt, und in der Tat weit mehr als du genannt hast. Dein Haus ist jetzt in perfektem Zustand. Dafür fordere ich nur ein wenig mehr Räucherwerk für mich."

Ein gewisses Zittern in seiner Stimme und der gierige Blick setzten kritische Gedankengänge bei Boris in Gang. „Du hast also ein Drogenproblem?" fragte er aufs Geratewohl.

Getroffen. Mirkov schrumpfte auf Klasse-Drei-Größe zusammen und zog sein dämonisches Gesicht in Falten.

„Ich kämpfe dagegen an, aber ich schaffe es nicht", gab er zu. „Wie besessen jage ich durch alle Sphären der Dämonenwelt und suche nach einer Beschwörung mit Sandelholz. Und ganz egal, an wen sie ursprünglich gerichtet war, ich muss sie haben."

Boris überlegte. Mit dieser Komplikation hatte er nicht gerechnet, aber vielleicht gehörte sie zu seiner dritten Aufgabe? Er wollte das Ganze nun gern beenden, denn ihm wurde immer kälter. Wie sollte er damit umgehen?

„Du hast die geforderten Tätigkeiten erfüllt, und ich werde dich nun bannen". Boris griff nach dem langen Stück Wäscheleine, das er für den abschließenden Vorgang eingepackt hatte. Doch Mirkov wuchs wieder, gierig atmete er die Dämpfe der Räucherschale ein. Jakos Rückenhaare stellten sich auf, er knurrte.

„Ich gehe nicht", verkündete der Dämon und ließ das Seil in Boris' Händen zu Staub zerfallen. „Du wirst mir Sandelholz räuchern, jetzt sofort! Schließlich habe ich dein gesamtes Haus repariert, dafür bist du mir weiteres Räucherwerk schuldig!"

Jetzt nahm Raissa eine drohende Haltung ein, ihr Buckel ließ sie doppelt so groß erscheinen. Den Dämon weiter fixierend, sandte sie Boris: *Er hat dich ausgetrickst. Euer gegenseitiges Wollen und Wünschen muss ausgeglichen sein, sonst werden wir ihn nicht los!*

Boris war ratlos. Wie sollte er einen Dämon bannen, der nicht gebannt werden wollte? Dazu kam die eisige Kälte, die ihm zusetzte und sein Denken lähmte.

Die Element-Symbole waren unter der dämonischen Magie inzwischen vergangen: Die Wodkaflasche war geschmolzen, ihr Inhalt verdampft, die Rohrzange verbogen, Streichhölzer und Blasebalg verbrannt. Der kleine

Baumspross allerdings erzitterte und wuchs, seine Wurzeln griffen über den Topfrand hinaus und bohrten sich in den dampfenden Boden. Mirkov beobachtete, wie aus dem undefinierbaren Pflänzchen ein Baum mit Blättern und Blüten wurde. Mit Erstaunen, dann Erregung in seiner Miene, umkreiste er die Pflanze. Gierig streckte er sich danach, konnte sie aber ohne Boris' Zustimmung nicht berühren.

„Das ist ja ... ein Sandelbaum! Ein ganzer Sandelbaum, und allein für mich! Ich will ihn haben, übereigne ihn mir, sofort!"

Während Jako sonst die Bäume in ihrer Eigenschaft als Hundezeitung eher praktisch betrachtete, sah er jetzt die Lösung für ihr Problem. Er wandte sich Raissa zu und vernahm ihre Gedanken, es waren die gleichen wie seine. Beide Tiere drückten sich dicht an Boris und übermittelten ihm ihre Idee.

Boris lächelte. Diesmal würde es gelingen. Er stimmte einen Ton an, Raissa fiel mit einem gutturalen Mauzen ein, und Jako legte den Kopf zurück und heulte. Ihre Stimmen materialisierten und verwoben sich, flochten sich zu einem festen Käfig, der sich über den Dämon und den Baum stülpte.

Als Mirkov merkte, dass er eingekesselt wurde, schlug er um sich, doch ohne Wirkung. Der dreistimmige Ton war zu einem eigenständigen Wesen geworden, das ihn umschlang und fesselte.

„Jetzt!" Gleichzeitig sandten Boris und seine Helfer einen gebündelten Energiestrahl aus. Es rummste, der Boden erzitterte. Dämon und Baum verschwanden in einem blauen Blitz, die Luft roch metallisch. Qualm stieg auf.

Boris rappelte sich mühsam hoch und klopfte sich den Schnee ab. Hektisch sah er sich nach den Tieren um. Da waren sie, alles in Ordnung. Raissa hatte sich mit einem Sprung in Sicherheit gebracht, und Jako war hinter einem Stein in Deckung gegangen.

Wo vorher das Pentagramm gestreut war, befand sich nun ein kleiner Krater. In seiner Mitte lag eines dieser typischen Sandelholzkästchen, wie man sie für wenig Geld auf dem Markt kaufen konnte. Alles andere war verschwunden.

Schritte näherten sich. Boris drehte sich um und traute seinen Augen kaum, als er seinen Professor Takin erkannte; der, dem er immer wieder die Prüfungstermine absagte.

„Mein lieber Herr Jadkov, da habt Ihr ein beeindruckendes Ergebnis vorgelegt", strahlte er und ignorierte den desolaten Zustand seines Studenten. „Alle Aufgaben zur völligen Zufriedenheit erfüllt, schlussendlich eine hervorragende Leistung."

Boris schüttelte den Kopf. „Aber nein, alles daneben. Und woher wisst Ihr überhaupt davon?"

„Lasst uns lieber ins Warme gehen." Professor Takin führte die kleine Gruppe zurück ins Haus und erklärte: „Explodierendes Leben in totem Holz zu erwecken, das ist schon beachtlich. Doch dasselbe sozusagen wieder rückgängig zu machen und damit gleichzeitig einen Dämon dieses Formats zu bannen sowie außerdem alles in ein völlig anderes Ding zu verwandeln – das ist ganz große Zauberkunst!"

Sie saßen, lagen und hockten vor dem Kaminfeuer, mit Tee, warmer Milch und einem Markknochen. „Eure Tante meinte, dass es einer besonderen Herausforderung bedürfe, und wir hoffen, Ihr verzeiht uns das", lächelte der Professor, als er Boris eine Urkunde und einen Zauberstab überreichte. „Dies ist Euer Schatz. Ihr seid nun rechtmäßiger Eigentümer dieses Hauses und außerdem Magier mit Auszeichnung."

Sie hatten ihn reingelegt! Doch Boris hielt die Urkunde in der Hand und sah in die glänzenden Augen seiner tierischen Freunde.

Magier. Mit Auszeichnung. Zu dritt konnten sie alles schaffen.

Die Semesterferien gingen dem Ende zu, aber das war für Boris kein Thema mehr. Er konnte in Ruhe darüber nachdenken, wie er seine Zukunft gestalten wollte. Die Urkunde ließ er rahmen und hängte sie neben die Kredenz, wo bei den drei Matruschkas jetzt ein Sandelholzkästchen stand. Bei genauem Hinhören konnte man leises, zufriedenes Rumoren darin vernehmen.

„Gut, lasst uns das schöne Wetter nutzen und einen Stapel Kaminholz vorbereiten. Und später backe ich uns Kekse nach Tante Maschas Rezept." Boris verspürte Tatendrang, ein ganz neues Gefühl.

Raissa erhob sich mit majestätischer Eleganz von ihrem Kissen, gähnte, streckt sich und rieb ihren Kopf an Jakos Schulter. Sie hatten jetzt einen Magier als Herrn. Einen Magier mit Auszeichnung. Was konnten sie sich Besseres wünschen?

Inselfrühling

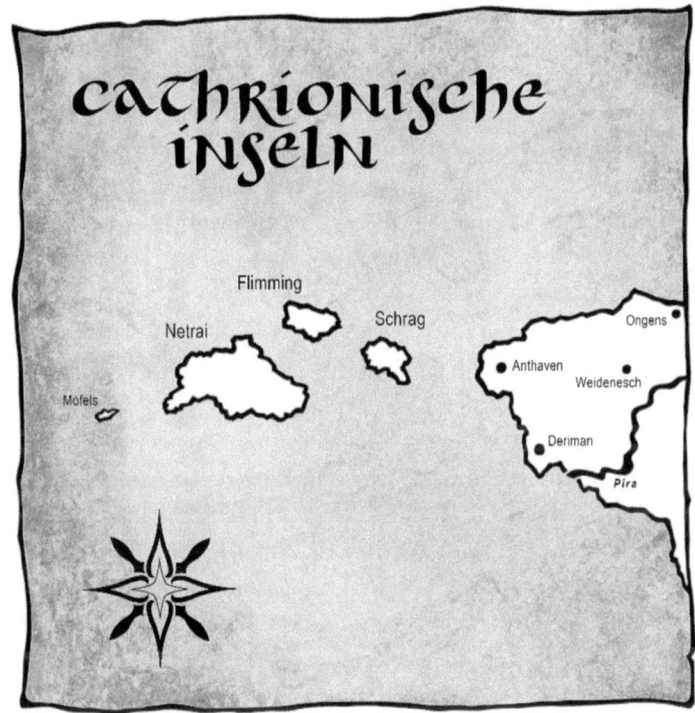

Der Ursprung von Redewendungen ist ein weites und beliebtes Forschungsfeld.

Die anthurische Redewendung „Hier geht es zu wie beim Drei-Insel-Fest" bezeichnete ursprünglich augenzwinkernd eine Situation, in der viele Menschen (und zwar hauptsächlich Männer) laut auf der sofortigen Erfüllung ihres Wunsches nach Vergnügen bestehen.

Sie wird inzwischen aber auch darauf angewandt, wenn eine Gruppe von Leuten ungeordnet durcheinanderredet, wobei jede/r Beteiligte sein/ihr Anliegen für das Wichtigste hält.

In diesem Jahr war die Insel Netrai dran, das Fest auszurichten. Natürlich kamen viele Helfer von Flimming und Schrag herüber, aber die Hauptorganisation lag in den Händen von Netrais Inselrat, Untergruppe Cathrionade. Es war Tradition – seit Urzeiten feierte man hier im Frühling die Wiederkehr des Lebens und der Fruchtbarkeit, zusammen mit dem Sieg der Vorfahren über die Feinde aus dem Westen. Anlass zu größter Ausgelassenheit, und alle Insulaner beteiligten sich daran. Und nicht nur sie. Das Drei-Insel-Fest war mittlerweile ein beliebtes Ziel für Leute vom Festland, die es drei Tage lang mal so richtig krachen lassen wollten.

Im Kostümzelt saß Kimmo an einem der Schminktische und bearbeitete sein Gesicht mit blauer Farbe. Er stellte einen der anthurischen Krieger dar, und er musste furchterregend aussehen. Nach den Überlieferungen malten die Altvorderen sich an, bevor sie in die Schlacht zogen. Am Nebentisch saß sein Freund Jorin und trug mit einem Spatel graugrüne Schminke auf. Als Naga-Krieger wollte natürlich auch er überzeugen. Die Mühe lohnte sich, denn für die beste Kostümgruppe winkte ein Preis. Im vergangenen Jahr hatten die „Wahren Cathrioner" den Pokal bekommen. Die Messlatte lag hoch. Ein Ansporn, heute sein Bestes zu geben.

„Sind die Mädels fertig?" fragte Kimmo mit einer Kopfbewegung zum Nachbarzelt, in dem die weiblichen Teilnehmer sich vorbereiteten. Jorin zuckte die Schultern, er konnte gerade nicht sprechen, weil er sich die Lippen dunkel färbte.

„Bleib sitzen, ich sehe nach." Vorsichtig seine aus Holz nachgebauten Waffen (echte waren bei dem Fest verboten) um sich versammelnd balancierte Kimmo zwischen den anderen Darstellern nach draußen. Aus dem Frauenzelt tönte Kichern und Schwatzen. Er lugte durch den Eingang und versuchte in dem bunten Durcheinander seine Freundin Junya und ihre Schwester Irka zu finden, die sich in Königin Cathriona und ihre Zofe verwandelten.

Der Festumzug begann am Westhafen bei der Lagerhalle, bewegte sich die Hauptstraße entlang durch den Ort Endes und rollte dann in einer großen Schleife durch mehrere kleine Dörfer. Entlang der Batta-Bucht (wo in einer kurzen Zeremonie Blumenkränze ins Wasser geworfen wurden) kam er schließlich wieder zum Hafen zurück. Massen von Einheimischen und Besuchern säumten die Straßenränder, alle in bester Stimmung.

Die älteren Mitglieder der Gruppe „Schrag Antíca" hatten einen Festwagen gebaut, die Gruppe nahm zum ersten Mal am Umzug teil. Alles war bestens vorbereitet und mehrmals geprobt, um neben der Konkurrenz einen guten Eindruck zu machen. Vorneweg gingen Kimmo und Jorin, die sich hin und wieder einen sorgfältig choreografierten Schaukampf lieferten. Hinter ihnen marschierten vier anthurische Veteranen mit bunten Standarten, gefolgt von zwei weiteren, die die Zugpferde führten.

Der Wagen war in Form eines alten Schiffstyps gestaltet und mit Blumen und Bändern geschmückt. Junya, in verschwenderisch glitzernder Robe, stand auf einem Podest, winkte und warf Handküsschen. Irka, ganz in roter Seide, saß vor ihr und spielte auf ihrer Harfe. Das sah zwar gut aus, aber die zarten Töne gingen im Jubel der Menschenmenge unter. Das Singen hatte Irka bereits als unnütz aufgegeben, als sie noch mitten in Endes waren.

Hinter dem Wagen schließlich gingen weitere Gruppenmitglieder, sie stellten besiegte Naga-Krieger dar. Ihre Aufmachung beinhaltete kunstvoll aufgemalte Wunden, zerschlitzte Uniformen und kaputte Waffen. Der letzte von ihnen trug ein Schild mit der Aufschrift „Uns reicht's" und humpelte überzeugend.

„He, ihr tapferen Kämpfer, Zeit für eine Pause!" Von der Seite her überholte sie einer der Gruppenbetreuer mit seinem Ponywagen, in dem er reichlich Erfrischungen mitführte. Er hatte dafür zu sorgen, dass alle Umzugsteilnehmer ohne zu schwächeln den Endpunkt erreichten.

„Danke, sehr lecker!" Kimmo reichte den Becher zurück und tupfte sich vorsichtig das Kinn ab. Nur nicht die Muster verschmieren. Zwar hatten die Juroren in Endes von der Tribüne aus den ganzen Zug begutachtet und die Darstellungen bewertet, aber er wollte natürlich weiterhin gut aussehen. Hin und wieder flog ihm aus der Besuchermenge ein Mädchen an den Hals. Es galt als glückbringend, einen anthurischen Krieger zu küssen. In dieser Hinsicht hatte Jorin schlechtere Karten, außerdem waren seine Lippen bemalt.

In solchen Momenten fühlte Kimmo ein Prickeln im Rücken und war sicher, dass Junya ihm gerade einen missbilligenden Blick zuwarf. Aber – es war Inselfest! Da musste man doch locker bleiben!

Es dauerte Stunden, bis alle Wagen wieder im Hof vor der Lagerhalle standen. Feierabend war jetzt nur für die Pferde. Das Fest ging weiter. Alle Tavernen (und etliche Privathäuser) auf Netrai hatten ihre Türen weit geöffnet, um Gäste zu begrüßen, und auf allen Dorfplätzen wurde zum Tanz aufgespielt. Hier in Endes hatte man den gesamten Hafenbereich zum Feiern freigegeben, für die nächsten drei Tage musste der Schiffsverkehr auf den Osthafen ausweichen.

Die Pferde waren versorgt, die Kostüme, Holzwaffen und Standarten weggeschlossen, jetzt hatten sie frei. Mit leuchtenden Augen trat Kimmo durch das Hoftor nach draußen. Dann fiel ihm eine Verabredung ein, und er sah sich suchend um.

„Wo sind die Mädchen? Wir wollten doch aufeinander warten."

„Hab' sie nicht mehr gesehen, seit dir diese Kleine von den ‚Wahren Cathrionern' auf den Hintern gehauen hat", entgegnete Jorin, der seine abgeschminkte Haut mit Creme einrieb. Ein paar matte graugrüne Stellen blieben hier und da, die würden von selbst verschwinden.

„Die ist bloß wieder überempfindlich. Na schön, dann eben nur wir beide. Komm, da unten in der Hafenschänke fangen wir an."

Oberhalb der Batta-Bucht saßen Junya und Irka auf einem Mäuerchen und sahen zu, wie die Blumenkränze langsam aufs offene Meer trieben.

„Warum hast du überhaupt zugestimmt, dass du in der Gruppe mitmachst? Du hast doch einige Male gesehen, wie es beim Drei-Insel-Fest zugeht", sagte Irka mit bemüht neutralem Tonfall. „Und du kennst Kimmo, er liebt die Aufmerksamkeit."

„Dieses Jahr ist es schlimmer", kam es verdrossen zurück. „Solange wir nur als Gäste hier waren, hat er sich zurückgehalten. Aber heute kommt er mir vor wie ein Kind, das seinen Geburtstagskuchen mit niemandem teilen muss. Alles Süße für ihn."

Von Endes schallte Musik herauf. Es schien völlig unsinnig, in dieser aufgeladenen Atmosphäre Trübsal zu blasen. Irka sprang vom Mäuerchen und drehte sich mit herausforderndem Blick zu ihrer Schwester um.

„Ich weiß ja nicht, was du jetzt machen willst", verkündete sie, „aber ich habe vor, wie eine echte Insulanerin Dandess Ehre zu erweisen. Und zwar genau so, wie es die ersten Anthurierinnen hier taten, nachdem die Nagas besiegt waren. Das wollte ich schon letztes Jahr tun, aber auf Schrag kennen uns zu viele Leute. Hier muss ich keine Rücksicht nehmen."

Junya sah sie groß an. „Du meinst, du willst …"

„… beim Tempel anklopfen, genau. Es muss ja nicht gerade der im Hafen sein. Hier oben habe ich vorhin einen Reliefstein am Weg gesehen, da muss es also einen weiteren geben. Es ist nicht weit von hier. Bist du dabei?"

Mit einer koketten Bewegung schüttelte Junya ihr Haar in den Nacken. Sie hakte ihre Schwester unter und lächelte: „Gar nicht so abwegig. Auch Königin Cathriona kam damals ohne ihren Mann nach Anthurien. Sicher hatte sie nicht die Chance auf so viel Spaß, aber ich als ihre Verkörperung heute werde die Gelegenheit nutzen."

Der Stadtschreiber von Endes verfasste nach den Aufräumarbeiten einige Tage später folgenden Text für das Archiv:

Die Feierlichkeiten der Cathrionade wurden in diesem Jahr auf Netrai ausgetragen und verliefen insgesamt harmonisch. Ungezählte Besucher bevölkerten die Insel und verhalfen vor allem der Gastronomie zu Höchsteinnahmen.

An Besonderheiten wären wie folgt zu erwähnen: Der Pokal für die beste Kostümgruppe ging erneut an „Wahre Cathrioner", den zweiten und dritten Platz belegten „Schrag Antica" und „Söldner des Anth". Im Haus der Heiler wurden zweiundzwanzig Fälle von Übertrunkenheit eingeliefert, alle Betroffenen konnten bald wieder entlassen werden.

Anknüpfend an die Legende, dass beim Siegesfest der anthurischen Siedler alle Dirnen gratis gearbeitet haben sollen, wurden heuer wieder die Pforten aller Tempel geöffnet. Besonderen Zulauf hatten der Hafentempel und jener bei der Batta-Bucht, geleitet von den „Töchtern der Dandess". Es scheint, dass sich inzwischen zunehmend Frauen aus der Bevölkerung daran beteiligen, zumindest für die Dauer der Cathrionade.

Der Bürgermeister ist überaus zufrieden mit dem Verlauf der Festtage und erwägt, für das nächste Fest in drei Jahren eine neue Herberge am Osthafen und ein Badehaus nach kemischem Vorbild in Endes zu bauen.

Zurück auf Schrag, erschien Kimmo am nächsten Morgen mit einem riesigen Blumenstrauß vor Junyas Tür und bat um eine Unterredung in Anwesenheit ihrer Eltern. Er wurde eingelassen. Und kaum eine Stunde später hängte Junyas Mutter bunte Schleifen an das Bäumchen im Vorgarten, zum Zeichen, dass es hier bald einen Anlass zum Feiern geben würde.

Wie neugeboren

Diese Geschichte wurde einmal für einen völlig anderen Anlass geschrieben und nun für Terrandessa adaptiert. Das Land Edessa-Tyra ist groß genug, um darin allerlei Brauchtum unterzubringen.

In einer abgelegenen Region von Edessa-Tyra war es üblich, nicht nur den eigenen Geburtstag zu feiern, sondern am Tag davor die Mutter zu ehren, die einen immerhin über einen langen Zeitraum und mehr oder weniger schmerzvoll bis dahin gebracht hatte.

Auf diese Weise kamen kinderreiche Mütter mehrmals im Jahr in den Genuss, nach Strich und Faden verwöhnt zu werden, und diese Zweitagesfeiern waren allseits beliebt.

Eine Herausforderung wurde die Sache, wenn Mutter und Kind getrennt voneinander lebten, und problematisch, wenn die Mutter gar unbekannt war.

Der junge Rami war so ein Fall. Wenn seine älteren Geschwister ihre „Muttertage" zelebrierten, zog er sich immer ein bisschen zurück, und am Tag vor seinem eigenen Geburtstag streifte er ruhelos durch die Stadt. Ihn hatte seine Ziehmutter Ramouna damals als neugeborenes Baby vom Markt mit zurückgebracht, von einem ausgezehrt wirkenden Mädchen eingetauscht gegen einen Korb voller Lebensmittel.

Als er sechs Jahre alt wurde, hatte sie ihm davon erzählt und dass sie, obwohl sie danach an jedem Markttag nach ihr Ausschau gehalten, das Mädchen nie wieder gesehen habe.

Heute, zehn Jahre später, traf Rami einen Entschluss. Er wollte sich nicht mehr damit zufriedengeben, heimlich irgendwo eine kleine Zeremonie für seine unbekannte Mutter abzuhalten. Er wollte sie suchen, und er wollte sie finden.

In der Stadt war wieder Markttag, genau wie vor sechzehn Jahren. In aller Frühe ging Rami aus dem Haus, durch einen Vorhang beobachtet von Ramouna. Sie fühlte mit ihm und bedauerte einmal mehr, dass all ihre eigenen Versuche, die leibliche Mutter zu finden, ohne Ergebnis geblieben waren.

Das bunte Gewirr auf dem Markt, die vielen Geräusche und Gerüche, all das war Rami vertraut. Er betrachtete die verlockenden Auslagen von Früchten und Gemüse, ohne sie wirklich zu sehen. Die vorbeieilenden und die müßig schlendernden Menschen, die Händler, er betrachtete sie alle genau. Erwiderte jemand seinen Blick? Gab es einen Ausdruck von Erkennen?

Widerwillig musste er sich eingestehen, dass sie genauso gut einer der Karawanen angehört haben könnte und nur auf der Durchreise gewesen war. Oder sie hatte die Gegend aus einem anderen Grund verlassen. Oder sie lebte nicht mehr.

Aber nein. Er war sicher, dass er das gefühlt hätte.

Es war ermüdend und deprimierend. Zudem machte die Mittagshitze Rami allmählich zu schaffen, also suchte er sich einen schattigen Platz unter einer dürren Baumgruppe, wo die Händler ihre Esel angebunden hatten. Nicht die allerbeste Gesellschaft, aber das war ihm egal.

Als er sich gerade überlegte, ob es sich lohne, seine Taschen nach einer Münze zu durchsuchen, damit er sich eine Pastete kaufen konnte, tippte ihm jemand von hinten auf die Schulter.

Da stand ein Mädchen und hielt ihm eine Orange hin.

„Ich habe dich beobachtet", sagte sie in herausforderndem Ton und musterte ihn offen. „Du verhältst dich seltsam. Was ist los mit dir? Sitzt dir ein Djinn im Gemüt oder warum bist du so aufdringlich?"

Seltsam? Rami verstand überhaupt nicht, wovon sie sprach. Die Orange aber nahm er gern, und während er sie schälte, antwortete er ausweichend: „Da musst du etwas falsch gedeutet haben. Aber warum aufdringlich? Ich erinnere mich nicht, dass ich dich auf dem Markt gesehen hätte, wie kannst du mich also beobachtet haben?"

„Wenn ich nicht will, dass man mich sieht, dann sieht man mich nicht", war die ebenso ausweichende Antwort. Aus seiner Tasche zog das Mädchen eine weitere Orange, setzte sich neben Rami und schälte sie ebenfalls. Da es nichts mehr sagte, fühlte sich Rami gedrängt, die Unterhaltung wieder in Gang zu bringen.

„Ich heiße Rami. Wie ist dein Name?"

„Lela. Ein altmodischer Name, ich weiß, aber meine Mutter sagte, er würde zu mir passen."

Da Rami das nicht beurteilen konnte, schwieg er lieber, um nichts Falsches zu sagen. Er betrachtete Lela verstohlen von der Seite und verglich sie mit seinen Schwestern. Die gackerten und kicherten den ganzen Tag und hätten niemals eine Orange selbst geschält. Sie dagegen wirkte so ernsthaft und war doch sicher kaum so alt wie er.

„Aufgegessen? Dann lass uns doch ein bisschen herumgehen", schlug Lela vor, stand auf und ging los. Es blieb Rami überlassen, ob er mitkam oder nicht.

Natürlich folgte er ihr sofort.

Den ganzen Nachmittag stromerten die beiden über den Markt. Sie lauschten dem Märchenerzähler, sahen dem Magier bei einer Beschwörung zu, schwatzen dem Mann in der Teestube zwei Becher gratis ab und kassierten eine Pastete als Bezahlung fürs Eselstriegeln. Rami fühlte sich wohl wie lange nicht und kam zu der Erkenntnis, dass Mädchen grundsätzlich gar nicht so …

„Magst du gern Hirseauflauf? Den hat mir meine Mutter für heute Abend versprochen. Komm doch mit, ich wohne gleich hier hinter dem Torbogen."

War das in Ordnung? Bis zum Sonnenuntergang dauerte es einige Stunden, er würde also keinesfalls zu spät nach Hause kommen. Aber einfach so in eine fremde Familie eingeladen zu werden, das fand Rami doch ungewöhnlich. Nun, Lela war ungewöhnlich, es passte also zusammen. Und wie er sie bis jetzt kennengelernt hatte, würde sie doch nicht lockerlassen.

Hinter dem Torbogen ging es in eine verwinkelte Gasse, an deren Ende eine Holztür Zutritt zu einem ruhigen Innenhof gewährte. In einem schattigen Winkel saß eine Frau an der Kochstelle und fächelte den Flammen Luft zu.

„Mutter, ich habe jemanden zum Abendessen mitgebracht."

Die Frau sah auf, hörte auf zu fächeln und starrte Rami an.

„Azad? Nein, das kannst du nicht ..."

„Verzeihung, vielleicht verwechselt Ihr mich mit jemandem", versuchte Rami die Spannung zu lösen, aber die Frau sprang auf und schob ihn in die sonnenhelle Mitte des Hofes.

„Ich dachte, der Rauch spielt meinen Augen einen Streich. Aber du bist ihm wie aus dem Gesicht geschnitten. Genau so sah er aus. Damals ... oh, ich glaube, ich verwirre dich gerade. Kinder, setzt euch doch."

Lela, die die ganze Szene mit Erstaunen verfolgt hatte, nahm auf der Bank Platz und bemerkte, dass ihre Mutter wie von innen glühte und Ramis Hand hielt und ganz den Eindruck machte, als ob sie sie heute nicht mehr loslassen wollte.

Und dann hörten sie die ganze alte Geschichte. Die traurige Geschichte des armen, unverheirateten Mädchens, das schwanger war von einem, der sie liebte, aber den seine Eltern anderweitig versprochen hatten und dass sie damit Schande über ihre Familie gebracht hatte. Wie die Eltern sie aus dem Haus jagten, als die Schwangerschaft nicht mehr zu verbergen war, wie sie sich mehr schlecht als recht durchs Leben schlug und zur Geburt heimlich bei einer Nachbarin im Gartenhaus unterschlupfen durfte. Wie lang diese Nacht war und wie beschwerlich, und wie schmerzlich dann die Entscheidung, dass sie nur eins der beiden Kinder ernähren konnte und das andere weggeben musste ..."

„Wie!" fuhr Lela dazwischen. „Zwillinge? Das hast du mir nie erzählt. Ich habe eine Schwester?"

„Nein", sagte ihre Mutter lächelnd und nahm ihre Hand. „Aber einen Bruder. Und heute ist euer Geburtstag."

Rami hörte das alles wie aus weiter Ferne. In seinem Kopf brauste es, Millionen Splitter flogen in Spiralstrudeln durcheinander, bis jeder an seinen richtigen Platz gesunken war.

Alles ergab einen Sinn. Er hatte eine Mutter.

„Zu deinem gestrigen Ehrentag alles Gute, Mutter", sagte Rami und breitete die Arme aus für eine große Umarmung, die auch Lela einschloss. „Diesmal bin ich leider zu spät dran, aber ab dem nächsten Jahr feiern wir pünktlich und immer gemeinsam.

Hannes oder nichts

Ein aus dem Romantext gestrichenes Fragment, auf das ich keinesfalls komplett verzichten wollte, lieferte die Basis für diese Geschichte. Sie kann problemlos für sich stehen und bietet Stoff für weitere Entwicklungen.

Über die grasigen Ebenen des westlichen Hochlandes wehte der Wind. Hier oben war es immer windig, und Narian hatte sich entsprechend angepasst. Ihr langes Haar trug sie zu einem festen Zopf geflochten und darüber eine enganliegende Haube, sodass ihr nichts um den Kopf herumflattern konnte. Sie gab nicht viel auf ihr Äußeres. Ihre Mutter versuchte immer wieder, mit wechselnder Taktik, ihr das andere Geschlecht interessant zu reden, aber das war bei Narian verschwendeter Atem. Sie stieg lieber hier herauf und übte mit dem Musikinstrument, das sie von ihrem Vater geerbt hatte. Er war ein begnadeter Musiker gewesen, und wie es aussah, hatte sie als einzige seiner Töchter dieses Talent abbekommen.

Heute hatte es wieder eins von diesen „Gesprächen" gegeben. Sie sei undankbar, wählerisch und anmaßend, hatte es geheißen, und was denn an den bisher vorgestellten Heiratskandidaten auszusetzen gewesen sei? Narian schnaubte laut bei der Erinnerung und dachte an diese sieben Prachtexemplare in drei Monaten zurück. Ein Schwächling, ein Schmutzfink, ein Möchtegern-Patriarch, ein Weiberheld, ein Besserwisser, ein Sadist, und vor wenigen Tagen dieses Muttersöhnchen. Nein, herzlichen Dank!

Sie und ihre Mutter hatten sich in Rage geredet, böse Worte waren gefallen, und Narian hielt es für besser, für einige Zeit aus der Nähe zu verschwinden. Also saß sie hier, ein Bündel mit Habseligkeiten neben sich, und ließ ihre Melodien vom Wind davontragen, während sie darüber nachdachte, wohin sie am besten gehen konnte. Die Verwandten in Weidenesch kamen nicht in Frage, die wollte sie nicht mit hineinziehen. Dann fiel ihr die verlassene Hütte am Kreidesee ein, da würde sie niemand suchen. Man erzählte sich, es würde dort spuken. Die Geister derer, die im See ertrunken waren, gingen angeblich dort um. Narian fand, dass das nach einem perfekten Versteck und Wohnort für sie klang. Sie schulterte ihr Bündel, nahm das gepolsterte Behältnis mit ihrer kostbaren Duda und machte sich auf den Weg.

Auf der hölzernen Bank neben dem Eingang saß Narian, den Rücken an die von der Sonne gewärmte Wand gelehnt, mit sich und der Welt versöhnt, und schaute über den Kreidesee hinweg der untergehenden Sonne nach. Aus der Hütte denn hatte sie eine recht bequeme Bleibe gemacht. Stundenlang hatte sie geschuftet, die Löcher im Dach mit Moos und Gras gestopft, den Kamin freigeräumt, allen Dreck ausgekehrt und Holz gesammelt. Ein gemütlich knisterndes Feuer vertrieb die Feuchtigkeit. Im verwilderten Garten gab es ein paar Äpfel und Birnen, sodass sie für den Anfang versorgt war. Morgen wollte sie angeln gehen.

Wie weit entfernt waren doch plötzlich alle Sorgen, wie leicht schien es, der Mutter die Anschuldigungen zu verzeihen und Verständnis aufzubringen. Vielleicht reichte es ja, nur diese Nacht wegzubleiben und morgen wieder nach Weidenesch zurückzugehen und alles in Ruhe zu besprechen. Aber nein – ein wenig Zeit sollte sie dem Ganzen wohl geben. Und das Thema Heirat musste ein für alle Mal geklärt werden.

Sie holte ihre Duda heraus und spielte, ein getragenes Stück mit viel Melancholie. Von der ruhigen Wasseroberfläche erhoben sich Nebel, drehten sich spiralig umeinander und schienen zu ihrer Musik zu tanzen. Wenn das die Geister der Ertrunkenen sind, dachte Narian, dann werde ich sie jeden Abend mit ein paar Liedern erfreuen. Bestimmt kommen wir gut miteinander aus.

Drei Tage vergingen, in denen nichts weiter geschah. Narian richtete sich wohnlich in der Hütte ein, übte stundenlang ihre Melodien und versuchte sich an neuen. Die Nebel auf dem See blieben, wo sie waren und stellten nichts weiter an. Vielleicht lag es wirklich an der Musik, vielleicht war der angebliche Spuk nur das Hirngespinst eines Wanderers, der zu viel getrunken hatte.

Die Sonne war untergegangen und hinterließ einen leuchtenden Saum am Horizont, der in den tiefblauen Himmel überging. Narian saß wie immer draußen. Sie dachte nach, wie es nun weitergehen sollte und welche Wünsche sie an das Leben hatte. Hoffentlich war die Mutter zu einem Gespräch bereit, wenn sie morgen nach Hause zurückkehrte.

In der abendlichen Stille erklang nahender Hufschlag. Wer sollte hierherkommen? Sie erwartete keinen Besuch. Alarmiert stand Narian auf und sah den Reiter. Und, was ihr gar nicht gefiel, er hatte sie gesehen. Im Nu war sie in der Hütte und schlug die Tür zu. Einen Riegel gab es nicht. War irgendein Gegenstand greifbar, den sie als Waffe gebrauchen konnte? Ihr Blick fiel auf den Schürhaken. Gut, der würde es auch tun.

Sie hörte, wie das Pferd anhielt und der Reiter abstieg. Schritte näherten sich, jetzt stieg er die Stufen herauf. Jetzt war er da …

Es klopfte. „Hallooo? Jemand zu Hause?"

Narian hob den Schürhaken, bereit zum Zuschlagen. „Besuch ist hier nicht willkommen", rief sie aufgebracht.

„Die Hütte ist doch unbewohnt, warum also seid Ihr hier?"

„Weil aus den Schornsteinen von unbewohnten Hütten normalerweise kein Rauch aufzusteigen pflegt", klang es von draußen geduldig. Ach, Mist. Daran hätte sie denken können.

„Na schön. Darum mache ich noch lange nicht jedem Fremden auf. Wer seid Ihr und was wollt Ihr?"

„Oh, ein Fremder bin ich nicht. War ich denn so lange weg, dass du mich nicht mehr erkennst, kleine Nan?"

Narian horchte auf. So hatte sie sich selbst genannt, als sie ein Kind war und ihren eigenen Namen nicht aussprechen konnte. Woher wusste der Fremde das? Nein, so leicht ließ sie sich nicht einwickeln.

„Das kann Euch irgendjemand erzählt haben."

„Dann stell mich doch einfach auf die Probe", schlug der Mann vor. „Stell mir eine Frage, die ein wirklich Fremder mit Sicherheit nicht beantworten kann."

Narian überlegte fieberhaft. Dann schnippte sie zufrieden mit dem Finger. Ihr war etwas eingefallen, das garantiert fälschungssicher war.

„Wie Ihr wollt. Die Frage lautet: Auf welche besondere Weise habe ich als Kind richtig sprechen gelernt?"

Vor der Tür war es einen kurzen Moment still, dann kam die Antwort: „Auf die allerfürchterlichste Weise, und zwar mit Zungenbrechern wie diesem: Der Kleiber auf der gleißenden Kreiselscheibe gleitet glatt über den klebenden Kleisterkreis."

Sie traute ihren Ohren kaum. Soeben tat sich ein Fenster in ihre Kindheit auf und jemand winkte.

„Aber dein liebster Spruch war der über die Tochter des Dorfvorstehers: Die kleine Caprita im krapproten Prachtkleid reitet auf dem klapprigen Klepper kreischend eine krumme Kapriole."

Jetzt hatte dieser Jemand ein Gesicht. Narian warf den Schürhaken weg und riss die Tür auf. Ja, jetzt erkannte sie ihn. Zwar waren die Haare nicht mehr schwarz, aber …

„Ich kenne nur einen Menschen, der zu so etwas fähig ist!" lachte sie und fiel ihm um den Hals. „Willkommen, Onkel Mik!"

Ein paar Stunden später. Lord Timmik schaute versonnen in die Flammen, im Moment völlig zufrieden mit sich und dieser kleinen Welt, in die er zurückgefunden hatte. Narian hatte sein Lieblingsessen gekocht, das er seit vielen Jahren nicht gegessen hatte – Kaninchenkräuterschmor mit Wildgemüse – und aus seinem Becher duftete ihm ein köstlicher Beerenschnaps entgegen, ein Willkommensgeschenk seiner Schwester Birga, die er heute zuerst aufgesucht und die ihn hierhergeschickt hatte. Er hatte Narian seit ihrer Kindheit nicht gesehen und fand, dass sie ihrem Vater deutlich ähnelte. Begabt, hübsch und dickköpfig. Kein Wunder, dass Birga mit diesem Freigeist nicht mehr zurechtkam und ihn um Hilfe gebeten hatte.

„Was ist es also, das dich hier heraus in die Einsamkeit getrieben hat?" erkundigte er sich nach dem Essen. „Erzähl es mir bitte genau und von Anfang an. Ich habe von deiner Mutter zwar hin und wieder einen Brief bekommen, aber ein so großes Problem, wie dies eins zu sein scheint, erwähnte sie nie."

Und Narian erzählte. Ihre ganze Enttäuschung, wie unverstanden sie sich fühlte und warum sie auf gar keinen Fall wie alle anderen einfach so verheiratet werden wollte.

„Mutter denkt, dass alles für mich richtig ist, was einmal für sie richtig war. Aber das stimmt eben nicht", schloss sie, gähnte herzhaft und rieb sich die Augen. „Ich bin hundemüde. Wenn es dir nichts ausmacht, beende ich meinen Tag heute hiermit." Sie kippte ihren Schnapsrest hinunter, schüttelte sich kurz und rollte sich dann auf ihrem Schlaflager in einem der Alkoven zusammen.

Lord Timmik blieb vor dem Feuer sitzen, bis die letzte Glut einen sanften roten Schein in der Hütte verbreitete. Er dachte intensiv darüber nach, wie er morgen mit Birga sprechen sollte, um sie zu überzeugen. Auf den richtigen Ton und wohlüberlegte Argumente kam es an. Er machte draußen einen letzten Rundgang, sah bei seinem Pferd vorbei und gönnte sich dann ein paar Stunden Schlaf.

Am nächsten Morgen sah die Welt schon viel versöhnlicher aus. Narian hatte gründlich nachgedacht und beschlossen, ihren Onkel in ihre weiteren Überlegungen einzuweihen. Denn allein hätte sie gegen ihre Mutter wohl kaum eine Chance.

Es entspann sich also folgendes Gespräch:

„Einen Tee, Onkel? Schön heiß und aus den besten Kräutern bei Sonnenaufgang gesammelt."

„Hmm … ja, gern. Hier oben trinkt man noch immer keinen *malto*, wie?"

„Nein. Hier scheint mir vieles etwas … der Zeit hinterher zu sein. Ich wäre gern unter Menschen, die so sind wie ich. Neugieriger, forschender. Ich weiß nicht, ob ich das verständlich ausgedrückt habe."

„Ich glaube, das hast du. Es wäre gut, wenn du das Hochland verlassen könntest. Möchtest du gern eine Weile bei mir in der Lilienburg verbringen? Deine Mutter wäre bestimmt einverstanden, und die Königin sowieso."

„Die Richtung stimmt zwar, aber eigentlich läge mein Wunschziel ein ganzes Stück weiter südlich."

„Ach ja? Und das wäre?"

„Die Cantha-Musikschule in Kemiland!"

So. Jetzt war es heraus.

Narian sprach schnell weiter, bevor Onkel Mik irgendwelche Einwände in den Sinn kommen konnten.

„Ich spiele die Duda so gut wie niemand sonst im ganzen Hochland. Hier kann ich nichts dazulernen. Flöte, Trommel – auch damit komme ich nicht weiter. Darum will ich nicht jemandes Ehefrau werden, die hin und wieder ein wenig musiziert. Ich will eine Musikerin werden. Von mir aus eine, die dann einen netten Ehemann hat, der sie unterstützt."

Sie hatte sich in Hitze geredet und starrte ihren Onkel aus flammenden Augen an.

Lord Timmik setzte seinen Becher ab, den er während Narians Ausbruch wie einen Schild vor sich gehalten hatte, und strich sich den Schnäuzer glatt.

„Zunächst einmal – tief durchatmen und entspannen, Kind", sagte er. Als Narian ihm ruhige Aufmerksamkeit schenken konnte, fuhr er fort.

„In dieser Hinsicht kommst du ganz auf deine Großmutter. Meine Mutter. Sie war auch eine talentierte Musikerin mit schnell aufbrausendem Temperament. Dein Wunsch ist mir nachvollziehbar, aber hast du über alle Details nachgedacht? Cantha ist weit weg und außerdem teuer. Womit sollen die Schulkosten bezahlt werden?"

Ja, Narian hatte darüber nachgedacht, wieder und wieder, aus allen Blickwinkeln und mit allen Konsequenzen, die ihr einfielen. Wenn sie nach Kemiland ging, musste sie sich hier von einigem trennen.

„Herr Golgan hat mir ein gutes Angebot für meine preisgekrönten Hochland-Schecken gemacht. Wenn ich ihm die ganze Zucht verkaufe, kann ich damit das erste Jahr überbrücken und mir in Cantha eine Arbeit suchen. So machen es die meisten Studenten, deren Eltern nicht für alle vier Jahre aufkommen können."

Narian liebte ihre Hühner. Das war wirklich ein großes Opfer, und Lord Timmik musste sich der Tatsache stellen, dass seine Nichte sich zu einer jungen Frau entwickelt hatte, die vorausschaute und plante. Wer war er, dass er sich hier querstellen wollte?

„Ich sehe, du hast es dir gut überlegt", räumte er ein. „Und mit dem Heiraten hat es ja wirklich keine Eile. Ich werde mit Birga sprechen und ihr einen Kompromiss anbieten. Du kommst für die nächsten Monate mit mir nach Lilientorf – keine Widerrede, das Schuljahr in Cantha hat sowieso längst angefangen – und machst dich dann von dort aus auf den Weg. Du hast auf diese Weise also genug Zeit, dich ordentlich vorzubereiten und sparst dein Geld. Na, wie klingt das?

Narian musste zugeben, dass dieser Übergang ihrer Mutter besser gefallen würde, da sie nicht sofort in schier unerreichbare Ferne entschwinden würde. Ein paar Monate in der Burg und Geld sparen, das klang nach einem annehmbaren Kompromiss.

Am Abend kehrten sie nach Weidenesch zurück und sprachen gemeinsam darüber. Das wurde eine große Sache. Die ganze Familie war anwesend und schließlich die komplette Nachbarschaft (Herr Golgan musste vor dreißig Zeugen beschwören, dass Narians Hühner sämtlich bis zu ihrem natürlichen Ende ein vorzügliches Leben bei ihm führen durften). Alle hatten etwas beizutragen oder einzuwenden, doch Narian hatte sich gut auf das Gespräch vorbereitet.

Zum Schluss waren alle überzeugt, dass die Cantha-Musikschule das einzig Erstrebenswerte in Narians Leben sein konnte und dass man ein solches Talent nicht vergeuden durfte.

Tags darauf brachen sie auf.

Es war eine ruhige Reise ohne besondere Vorkommnisse. Die Straße war recht belebt, öfter trafen sie auf Händler oder andere Reisende. In der Herberge, wo sie abends einkehrten, holte Narian ihre Duda aus dem Futteral und spielte ein paar Trink- und Tanzlieder. Daraus entwickelte sich ein spontanes Gartenfest, bei dem so viel Bier und Wein flossen, dass der Wirt am anderen Morgen eine Bezahlung ablehnte.

„Ich stelle fest, deine Musik bringt wirklich etwas ein", schmunzelte Lord Timmik, als sie wieder unterwegs waren. „Nur weiter so, und du landest noch als Hofmusikerin in irgendeinem Palast."

Ihr Onkel meinte das scherzhaft, aber es war ein Gedanke, mit dem Narian sich anfreunden konnte. Eine angesehene, gutbezahlte Stellung an einem Adelshof, warum nicht? Das war zu schaffen.

Mit Ankunft in der Lilienburg änderte sich für Narian alles. Man wies ihr ein Zimmerchen zu und fand bei den Mahlzeiten für sie einen Platz im Mittelbereich der Tafel. Sie als Nichte des berühmten Drachenlords hatte zwar einen gewissen Sonderstatus, doch fühlte sie sich trotzdem sehr geehrt, als Königin Alyssa sie in einer privaten Audienz begrüßte und nach ihren weiteren Plänen befragte.

„Ihr habt ein wenig isoliert gelebt in Weidenesch", stellte die Königin fest. „Als Vorbereitung für Euren weiteren Lebensweg möchte ich Euch darum etwas vorschlagen, das ich vor Kurzem als weitere Neuerung hier eingeführt habe."

Ab dem nächsten Tag nahm Narian am „Königlichen Förderprogramm für ledige Mädchen" teil, das von einer resoluten alten Lady geleitet wurde und junge Damen auf das Leben vorbereiten sollte. Lord Timmik hatte ihr unterwegs davon erzählt und sie spaßhaft vorgewarnt – zwar mochten ihr viele Inhalte des Lehrstoffs veraltet vorkommen, aber sie solle geduldig sein. All das würde ihr in der Fremde später zugutekommen, wenn sie auf sich allein gestellt war.

Also schloss Narian sich der Gruppe von Mädchen an, die adlig oder aus reichen Familien waren und nur das eine im Kopf hatten, nämlich einen netten, passenden Ehemann zu finden.

„Bei allem Respekt, Lady Brina, das ist nicht mein angestrebtes Lebensziel", verkündete Narian gleich in der ersten Unterrichtsstunde, „denn ich will auf die Musikschule in Kemiland. Was Ihr zu lehren habt, nehme ich gern an, doch hilfreich wären für mich außerdem Kenntnisse über Reisen, Gebräuche und richtiges Verhalten im Ausland."

Ihre Mitschülerinnen quietschten begeistert auf, und Lady Brina gestattete sich eine Andeutung von Lächeln.

„Soso. Reisen? Ich werde auch darüber einiges zu berichten haben. In meiner Jugend war ich in allen Ländern hinter dem Wald unterwegs. Die Welt ist groß da draußen. Also erweitern wir den Lehrstoff und fangen morgen damit an."

Die folgenden Monate vergingen wie im Flug, und Narian hatte kaum genug Zeit, sich ihrer Musik zu widmen. Lady Brina hielt sie und die anderen jungen Damen beschäftigt mit klassischen Themen wie Etikette, Hausmedizin, Handarbeiten und Gesang. Dazwischen streute sie aber reichlich Neues und erzählte aus ihren Erfahrungen über gesellschaftliche Regeln im Ausland, Reisekleidung,

Sprache, ausländisches Essen und Verhalten bei Grenz-kontrollen. Narian schrieb fleißig mit und träumte nachts von bejubelten und großzügig bezahlten Musikdarbietun-gen an ausländischen Adelshöfen.

Das Eintreffen einer Nachricht von der Cantha-Musik-schule beendete den Unterricht. Es war soweit. Man „freute sich, sie baldigst als neue Schülerin aufnehmen zu dürfen". Narian war völlig aus dem Häuschen und schrieb ihrer Familie in Weidenesch sofort einen langen Brief.

Am selben Abend lud Lord Timmik sie zum Essen ein, er hatte in seinen Räumen ein Mahl bestellt. Narian setzte sich an den von Kerzenlicht erhellten Tisch und ließ sich Wein einschenken, bemerkte aber verwundert: „Wieso ist denn für drei Personen gedeckt? Erwartest du noch je-manden?"

Ihr Onkel ließ sich Zeit mit der Antwort. Er nahm um-ständlich Platz und rückte Teller und Besteck zurecht, bis er schließlich die richtigen Worte gefunden zu haben glaubte.

„Meine liebe Lieblingsnichte, unsere Leben werden sich morgen auf unbestimmte Zeit trennen. Ich reise ab, weil die Königin eine wichtige Aufgabe für mich hat. Du reist ab, weil Kemiland auf dich wartet. Natürlich sollst du den weiten Weg nicht allein machen. Da ich dich nicht hin-begleiten kann, möchte ich dir jemanden zur Seite stellen, der dir Gesellschafter, Beschützer und Freund sein kann. Außerdem ist sein eigenes Ziel die Akademie für Magie und Natur in Kemion, und Cantha liegt auf dem Weg. Also dachte ich – jedenfalls habe ich ihn ebenfalls zum Es-sen eingeladen, um ihn dir vorzustellen."

Narians Stimmung sank, denn sie hatte gehofft, dass ihr Onkel Mik mit ihr nach Cantha reiten würde. Sie versuchte einen Einwand: „Ich muss ja nicht sofort abreisen. Ich kann auf dich warten, und wenn du fertig bist mit deinem königlichen Auftrag, dann können wir doch gemeinsam …"

Lord Timmik schüttelte den Kopf, sein Schnäuzer schien sich herabzusenken, um Bedauern auszudrücken.

„Das ist keine gute Idee, Kind. Ich weiß ja nicht, wie lange ich brauchen werde. Reite mit dem jungen Eisenstein, das ist besser. Ah, das muss er wohl sein."

Es hatte geklopft. Nicht zögerlich oder zu fordernd, sondern auf eine höfliche, angemessene Weise, die einen selbstbewussten Menschen erwarten ließ. Narian seufzte innerlich. Etikette und Ausdruck. Den Unterricht von Lady Brina würde sie nie vergessen.

Der Page öffnete die Tür und trug dann auf einen Wink Lord Timmiks die Speisen auf. Narian reckte neugierig den Kopf. Wenn ihr Onkel diesen Begleiter extra ausgesucht hatte, dann sollte sie sich ihn wenigstens ansehen.

„Das ist Johannes Eisenstein. Sein Bruder dient in der Burgwache, er dagegen hat andere Ambitionen", verkündete Lord Timmik und holte seinen Gast an den Tisch.

Narians Blick ging runter und wieder rauf. Sie hatte einen typischen AkMaNa-Studenten erwartet (beziehungsweise stellte sie ihn sich so vor): einen Büchergucker, Blassschnabel, Pedant, Traumtänzer, oder eine Mischung aus allem. Aber sie sah: Kämpfer, Kavalier, Hüter, Ruhepol. Dazu war er überaus ansehnlich.

„Ahäm." Ein Räuspern des Lords beendete die Stille, bevor es komisch wurde. Sie begannen ihr Abendessen, und die Tischkonversation kam allmählich in Gang. Mit der Zeit nahm Lord Timmik sich immer mehr zurück und ließ die jungen Leute miteinander reden. Nur hin und wieder warf er eine Bemerkung oder Frage ein, um das Gespräch behutsam zu lenken.

Es stellte sich heraus, dass Hannes – erstaunlich schnell waren die zwei bei der vertrauten Anrede – das Studium der magischen Kampfkünste anstrebte, ohne aber die Laufbahn eines Voll-Magiers einzuschlagen. Er war der Meinung, dass für Männer mit diesen zusätzlichen Fähigkeiten überall in Terrandessa interessante Berufsmöglichkeiten offenstanden.

„Spielst du zufällig ein Instrument?" hörte Narian sich plötzlich fragen und erschrak über ihre eigene Vorwitzigkeit. Was sollte er denn von ihr denken?

„Ich spiele Flöte", gab Hannes zu und wirkte verlegen. „Deswegen wurde ich oft geneckt, das Gefiepe sei doch bloß für Weicheier. Aber ich mag es eben. Ich spiele nicht übermäßig gut, aber ich kann viele Melodien."

„Nun, wenn du magst, können wir unterwegs zusammen etwas üben."

Lord Timmik winkte schmunzelnd dem Pagen, er möge eine neue Flasche Wein bringen.

Früh am nächsten Morgen ritten Narian und Hannes zum Burgtor hinaus und runter nach Lilientorf, um dort durchs Stadttor die Straße nach Süden zu nehmen. Sie würden mehrere Tage für die Strecke brauchen, aber es war für alles gesorgt.

Als sie nicht mehr zu sehen waren, ging Lord Timmik zurück in die Burg und auf direktem Weg zur Schreibstube.

„Hat jemand Zeit für einen Brief? Gut. Dann bitte diesen Text, und sofort per Boten nach Weidenesch:

An die verehrte Birga Triskell-Balinga, Weidenesch

Meine liebe Schwester, soeben habe ich Narian in Richtung Kemiland verabschiedet. Sie ist mit allem ausgestattet, das sie braucht, und ich habe ihr eine Liste mit empfehlenswerten Herbergen gegeben. Abgesehen davon würde es mich nicht wundern, wenn sie Dir in ihrem ersten Brief aus Cantha von einem gewissen jungen Studenten berichtet. Ich halte es für durchaus denkbar, dass der Name Johannes Eisenstein auch in späterer Korrespondenz immer öfter auftaucht. Der Junge ist in Ordnung und hat meinen Segen.

So haben wir einen für alle Beteiligten zuträglichen Kompromiss gefunden.

In brüderlicher Zuneigung

Lord Timmik Triskell"

Dann ging er, um Lady Brina aufzusuchen und seinen Wettgewinn einzustreichen. Denn sie hatte seine Behauptung, dass die Abreise bereits nach dem ersten Kennenlernabend stattfinden würde, vehement abgelehnt. Doch Lord Timmik kannte seine Nichte, und er hatte den Hunger in ihren Augen gesehen.

Der Einsatz war nicht hoch – eine Flasche Kandelberger Auslese – doch der Gegenstand der Wette umso wichtiger.

Und hätte der Lord verloren, falls die Abreise zum Beispiel erst morgen oder übermorgen gewesen wäre, die Gewinnerin wäre dieselbe gewesen: Narian.

Und nur darauf kam es an.

Der Kampf um Emmertin

Weil im Romantext dieses Geschehnis nicht ausführlich genug beschrieben wurde (wie ich horte), gibt es hier eine nachträgliche Berichterstattung. Außerdem bügle ich damit einen sachlichen Fehler aus (den niemand außer mir entdeckt hat?).

Da ich kein Freund von blutigen Schlachten bin, weiche ich auf eine gemäßigte Erzählform aus. Die tatsächliche Dramatik möge euer Kopfkino ergänzen.

"Opa, woher hast du denn diese Narbe?"

Der fünfjährige Jande tippte auf eine Stelle an Thorben Senos Wade und sah den Alten aus blauen Kulleraugen an.

„Lass Opa schlafen", sagte Peer und hob seinen Sohn auf die Arme. „Komm, wir gehen in den Garten. Ich habe auch ein paar Narben, über die ich dir eine Geschichte erzählen kann. Willst du sie hören?"

Begeistertes Nicken war die Antwort, und an der Tür gesellte sich sein Erstgeborener Valde dazu. Die beiden Jungen hörten immer gern zu, wenn Papa von seinen Abenteuern erzählte. Für Peer Seno waren diese Geschichten alles andere als das, aber er versuchte sie kindgerecht wiederzugeben, ohne sie zu verfälschen. Schließlich war das eine Realität, der sich die Jungen eines Tages stellen mussten.

Er setzte sich auf die Bank unter der alten Trauerweide, die Kinder ließen sich zu seinen Füßen nieder. Hier waren sie wie in einer grünen Höhle, denn die Weidenzweige reichten bis zum Boden. Der richtige Ort, um einer spannenden Erzählung zu lauschen.

„Seht ihr diesen wulstigen Streifen hier?" Peer entblößte den muskulösen Oberarm. „Das ist eine Erinnerung an den Tag, als die Stadt Emmertin von den Drakonern befreit wurde. Es war ein dramatischer Kampf. Und beinahe wäre ich nicht dabei gewesen. Hört also gut zu.

Emmertin, das ist eine schöne kleine Stadt am Meer, sie liegt südlich von hier in Anthurien. Es gab dort böse Männer, die wollten Emmertin ganz für sich haben. Sie wollten die Einwohner vertreiben und in ihren Häusern wohnen. Sie nannten sich Drakoner, weil sie unter dem Oberbefehl eines Drachen kämpften. Die Stadt Emmertin mit all seinen Reichtümern war ihnen als Bezahlung versprochen worden.

Doch am Hof der Königin von Anthurien gab es einen mächtigen Ritter, und der kämpfte gegen den Drachen und die Drakoner. Er hieß Rayven von Corlan, auch Sir Rabe genannt. Er rief seine Getreuen zusammen, und sie folgten seinem Ruf. Die Oberhäupter aller Rabenclans gingen nach Anthurien, um Sir Rabe im Kampf beizustehen. Ich ging mit ihnen, als Anführer der Bergraben, unseres Clans.

Wir wurden aufgeteilt, um überall dort zu helfen, wo es nötig war. Wir Bergraben sollten die Stadt Lilientorf beschützen, und die Seeraben taten Dienst in der Burg. Die Nordraben und die Waldraben zogen mit Sir Rabe nach Emmertin.

Sie hatten es schwer dort, so erfuhren wir durch einige Boten. Und dann kam die Nachricht, dass Sir Rabe verletzt worden war. Er wurde zur Burg gebracht, damit die Heilerin sich um ihn kümmern konnte. Ich war besorgt und unruhig, und mit der Zustimmung der Kommandeurin der Stadtwache machte ich mich auf den Weg nach Emmertin. Ich nahm drei Männer mit, und wir beeilten uns.

Auf unserem Weg nach Emmertin kamen wir zuerst nach Fengard. Dort hatten die Eindringlinge schon gewütet, und die Einwohner waren froh, dass wir ihnen helfen würden. Sie empfingen uns freundlich und erzählten, was passiert war. Vor allem beschrieben sie uns den Anführer der Drakoner, ein ganz übler Kerl. Vuko Adolnik hieß er, und er hatte in seinem Leben bisher viel Schlechtes getan. Es wurde wirklich Zeit, dass er damit aufhörte.

Dann kamen wir in Emmertin an. Die Drakoner schienen unbesiegbar. Sie waren nicht stärker als wir, aber sie kämpften auf eine Weise, mit der wir nicht vertraut waren.

Sie hatten Waffen, die anders waren als unsere. Und wenn sie ihre Waffen verloren, kämpften sie auf ebenso tödliche Weise mit ihren Händen und Füßen. Wir hatten viele Verwundete.

Ohne Sir Rabe fühlten wir uns erst etwas mutlos, doch dann setzten wir uns abends am Feuer zusammen und schworen, dass wir die Drakoner hinwegfegen würden, mit unserer ganzen Kraft. Wir besannen uns auf alle kämpferischen Fähigkeiten, die wir besaßen und die wir in die Waagschale werfen konnten. Euer Onkel Rigvid zum Beispiel, der flocht sich eine Schleuder. Ihr wisst, er ist ein meisterhafter Schleuderer und trifft immer sein Ziel. Ein anderer Mann, Irtwin Baltung hieß er, hatte in seinem Gepäck ein Kehrholz, eine Waffe aus einem fernen Land. Wenn man es wirft, und es geht daneben, kommt es von allein zurück.

Als wir wieder auf die Drakoner trafen, fieberten wir alle bis in die Fingerspitzen darauf, sie zu zerschlagen. Und nicht nur wir hatten neuen Mut gefasst. Auch hinter den Stadtmauern gab es Bewegung. Die Einwohner hatten wohl gemerkt, dass es in diesem Kampf um alles gehen würde und dass sie durchaus etwas unternehmen konnten, um die Chancen auf einen Sieg zu erhöhen. Sie hatten keine richtigen Waffen, aber sie warfen mit klebrigen Dingen, in die etwas hineingemischt war, das fürchterlich brannte und juckte. So waren die Drakoner abgelenkt, denn sie konnten sich nicht voll auf uns konzentrieren. Ich sah manch einen, der nach einem Treffer auf die bloße Haut schreiend um sich schlug und für uns ein leichtes Ziel war.

Viele versuchten sich gegen die Emmertiner Bürger zu wehren, die mit ihren kleinen Handkatapulten eine Menge von den Klebekugeln verschossen. Später habe ich erfahren, dass der unangenehme Inhalt aus kleinen Tierchen bestand, die im Schlamm der Gezeitenzone leben und sehr bissig sind.

Ich suchte nach Vuko Adolnik, dem Anführer der Drakoner. Ohne ihn, dachte ich mir, würden sie bestimmt leichter zu bezwingen sein. Und dann sah ich ihn im Schatten eines Baumes stehen. Gerade säuberte er sein Schwert, es war ganz blutig. Zu seinen Füßen lagen drei Männer, und an ihren Waffenröcken konnte ich erkennen, dass sie zu den Waldraben gehörten.

Andere Männer näherten sich. Zwei von den Nordraben kämpften gegen drei Drakoner. Ich sah, wie Vuko Adolnik sich ihnen zuwandte, um sich zu beteiligen. Das durfte nicht geschehen. Ich griff ihn an und schlug ihm das Schwert aus der Hand, da zog er seinen Dolch. Er war ein meisterhafter Dolchkämpfer. Nie zuvor habe ich einen Mann so blitzschnell und so gewandt kämpfen sehen. Und es machte ihm Spaß, mich zu verletzen. Als er mir den Schnitt verpasste, von dem diese Narbe stammt, lächelte er und sagte: ‚Euch Raben muss man die Flügel stutzen!'

Vielleicht dachte er, dass ich nun geschwächt war. Er konnte ja nicht wissen, dass ich links genauso gut die Klinge führen kann wie rechts. Er schaute etwas erstaunt, als ich schnell die Hand wechselte, und das war das letzte, was er sah. Ich traf ihn mitten ins Herz, und er fiel. Vuko Adolnik war tot."

Die beiden Jungen atmeten tief aus. Fast atemlos hatten sie stillgesessen und ihrem Vater zugehört. Jande stand auf und befühlte andächtig die Narbe. „Hat das denn doll wehgetan?" wollte er wissen.

„Ach", eine wegwerfende Handbewegung, und Peer hob den Kleinen auf seinen Schoß. „Das habe ich erst gar nicht so richtig gemerkt. Ich habe mehr auf die anderen geachtet. Um mich herum war nur Schreien und Waffengeklirr. Und dann gab es ein großes Getöse hinter dem Stadttor. Es schwang auf, und die Emmertiner Bürger kamen heraus. Sie schossen unzählige Klebekugeln, und sie benutzten ihre Werkzeuge und Gartengeräte, die sie zu Hause hatten, als Waffe. Stellt euch vor: Frauen habe ich darunter gesehen, mit mächtigen Rührlöffeln und Besen in den Händen."

Jande gluckste belustigt: „Rührlöffel? So wie Mama einen hat?"

„Viel größer!"

„Und sie haben die Drakoner damit verjagt?"

„Das haben sie, und es war eine mutige Tat. Die Bürger waren genau die Verstärkung, die wir brauchten, und der Kampf dauerte nicht lange. Als den Drakonern klar wurde, dass sie ohne Anführer waren, gaben sie auf. Am Abend brachten wir sie alle zu einem leeren Lagerhaus am Hafen, um sie dort einzusperren. Die Königin sollte über ihr weiteres Schicksal entscheiden. Der Bürgermeister von Emmertin aber war froh und dankbar, dass wir seine Stadt gerettet hatten. Er erklärte den Tag zum Feiertag und dass von nun an die freie Fläche vor dem Stadttor ‚Corlanenfeld' heißen soll."

„Zeigst du uns die Stadt einmal?" Valde besaß seit seinem letzten Geburtstag einen eigenen Dolch und war den Ausführungen seines Vaters mit etwas mehr Sachverstand gefolgt als Jande.

„Das mache ich", versprach Peer. „Und Opa nehmen wir mit. Vielleicht möchte auch Rigvid mitkommen. Wir zeigen euch das Corlanenfeld und den Hafen, und in Emmertin gibt es eine ganz leckere Spezialität – Primbeerwaffeln mit Sahne und Zimt. Na, was sagt ihr?"

Valde brachte es auf den Punkt. Mit aller Ernsthaftigkeit eines Achtjährigen bemerkte er: „Die Emmertiner kann ich gut verstehen. Ich würde sterben für Primbeerwaffeln. Die hätte ich dem Vuko Adolnik auch nicht gegönnt!"

Glossar

AkMaNa

Kurzbezeichnung für die „Akademie für Magie und Natur"
in Kemion, der Hauptstadt von Kemiland. Studierende aus
allen Ländern sind bestrebt, hier einen Platz zu ergattern,
und ihre Absolventen sind allseits begehrte Fachleute.

Alte Völker

Sammelbegriff für nichtmenschliche intelligente Spezies,
die Terrandessa vor der Besiedelung durch Menschen be-
wohnten. Die meisten wichen nach Nanthelya aus.

Arboretaner

Um Arboretaner zu werden, muss man Dendrobier/in sein
und eine mehrwöchige Ausbildung durchlaufen, in der
man lernt, mit Pflanzen zu kommunizieren (wird scherzhaft
Stille-Baum-Post genannt, da die Verständigung hauptsächlich mit Bäumen stattfindet). Man macht sich dabei zunutze,
dass die Pflanzen über ihr Wurzelwerk über weite Entfer-
nungen verbunden sind. Auf diesem Weg können Botschaften an andere dendrobische Empfänger übermittelt werden.

Dendrobier

Sie gehören zur Gruppe der Waldelfen und nehmen durch
ihre starke Verbundenheit zu ihrem Waldland Dendrobien
sowie durch ihre isolationsbedingte kulturelle Entwicklung
einen Sonderstatus ein.

Drachenlord

Volkstümlicher Name für Lord Timmik Triskell, der einige Jahre vor Alyssas Inthronisierung in einem dramatischen Zweikampf einen Drachen besiegte und damit das ganze Königreich rettete.

Duda

Ein in ganz Terrandessa verbreitetes Musikinstrument, auch Sackpfeife oder Dudelsack genannt.

Kaverner

Menschen und Kaverner haben dieselben Vorfahren. Die Linie der Kaverner spaltete sich früh ab, sie leben ausschließlich in Nanthelya. Sie sind robust gebaut und mit großer Muskelkraft ausgestattet, dabei von stoischem Temperament. Ihre Kultur kommt ohne Schrift aus.

Karamani

Menschliche Ureinwohner des Waldlandes, sie leben halbnomadisch und haben sich nach Festlegung der Grenzen Anthuriens in den Süden von Dendrobien zurückgezogen.

Undrauer

Sie werden leicht mit Dunkelelfen verwechselt, denen sie äußerlich stark ähneln. In Bezug auf ihre Mentalität kommen sie jedoch den Dendrobiern näher. Sie leben in weiten Teilen Nanthelyas, und ihr Leben ist bestimmt von Stammesfehden. Artfremden Völkern gegenüber sind sie aufgeschlossen, und wer einen Undrauer zum Freund hat, braucht den Rest der Welt nicht zu fürchten.

Danksagung

Die Resonanz auf das erste Buch „Drachengrün und Rabenschwarz" war sehr positiv und hat mich beflügelt, die vorliegende Sammlung von Kurzgeschichten schnell hinterherzuschieben.

Hier einen herzlichen Dank an alle, die mich unterstützt haben und besonders an Bernd und Dagmar für konstruktive Kritik.

Wieder gibt es viele neue Ideen, die in das Manuskript der Romanfortsetzung einfließen können, und bestimmt ergeben sich neue Textfragmente mit Kurzgeschichten-Potential.

Silke Schäfer   November 2019

Neugierig geworden?

Dies ist Roman Nr. 1:

In einer zauberhaften Welt namens Terrandessa liegt das kleine, fast vergessene Land Anthurien. Zehn Jahre lang war Ruhe, doch damit ist es jetzt vorbei.
Ein besiegt geglaubter Feind taucht wieder auf - der Drache Moladusa will Anthuriens Thron. Gleichzeitig spinnt der Hohepriester Amicanthus seine Intrigen, um an die Macht zu gelangen.

Die junge Königin Alyssa kann jede Hilfe gebrauchen. Ihre Getreuen suchen nach einer Möglichkeit, den Drachen für immer loszuwerden.

Mit dem heldenhaften Sir Rabe und dem geheimnisvollen Diffusius kommt Verstärkung von unerwarteter Seite, doch es ist ein Wettlauf gegen die Zeit. Und Moladusa kommt immer näher ...

Paperback, 400 Seiten, ISBN 9 783748 193043
12,99 Euro
(auch als E-Book erhältlich)

Vorschau

Nun wird es Zeit, dass ich an Roman Nr. 2 weiterschreibe. Wenn es läuft wie bei Nr. 1, gibt es im Anschluss daran den nächsten Extraband mit Kurzgeschichten. Insgesamt ist eine Trilogie geplant, der Plot erst grob skizziert und offen für spontane Ideen.

Ich bin neugierig, welche Seitenpfade mich die Kreativität demnächst entlangführen wird.

Auf www.silke-schaefer.de informiere ich über den Fortgang meiner Schreibarbeit, über Neuerscheinungen und allerlei Sonstiges.

Für die Welt von Terrandessa erstelle ich außerdem eine eigene Website. Auf www.terrandessa-fantasy.de findet ihr viele (Hintergrund-)Informationen und Bilder.

Schaut gelegentlich mal rein!